술집
학교

술집학교

끄덕끄덕, 꿀꺽꿀꺽, 가끔문학

가나이 마키 지음

안은미 옮김

차례

1장 일년생의 견문록 09

밧푸쿠 밧푸쿠, 어른이 되기까지 11

취할 만큼 레이코 씨의 목소리는 몰랑하다 18

시미즈 씨의 두꺼운 손가락이 삶은 달걀을 벗긴다 21

멋진 남자들은 몇 번이고 되살아난다 26

준 씨의 기상, 에코 씨의 자유 29

황홀한 밤은 깊어가고…… 사건은 일어났다 34

얼음송곳을 쥐면 가게 안에 긴장감이 돈다 38

술은 찰찰 넘칠 만큼 따르라는 가르침 41

덥수룩 씨는 오늘도 덥수룩어로 노래한다 46

아토 씨는 음침한 바람을 불러온다 52

오카와 씨의 검은 테 안경 너머 57

유부를 프라이팬에 굽는 밤 61

2장 수요일 스케치 67

수요일의 남자, 이마이즈미 씨의 풍성한 수염 69

우에다 씨의 우아한 쇼와 20년대 79

돈 노조미는 박력과 은근한 멋이 배어난다 84

모험이란 뭘까, 니시모토 씨의 경우 90

도편수 씨의 장미, 고바야시 씨의 반지 95

3장 옛날 남자들 101

신페이 씨와 초대 '학교' 104

'노라'의 마담은 너글너글한 일꾼 110

긴 씨는 매일 다섯 시에 찾아온다 115

부엌이 기름으로 끈적끈적, 단 가즈오 118

마코 군을 만나면 괜히 기쁘다 122

식객의 달인이던 쓰지 마코토 126

야마모토 다로는 덩치 큰 소년 131

후루타 아키라 씨의 글러브 같은 두툼한 손 140

한없이 묵묵히 신페이 씨와 보내는 시간 152

신페이 씨, 가난 이야기 159

신페이 씨, 싸움 이야기 164

신페이 씨, 잉어와 사랑 이야기 169

4장 레이코 씨의 사랑 177

태어나기 전부터 양딸로 보내질 운명이었다 179

아키타 광산에서 아가씨로 고이 자라다 182

도쿄에 막 왔을 때부터 이미 제멋대로였다 185

호리 다쓰오를 동경해 신슈에서 지낸 여름 189

뮌헨으로 건너간 화가   192

그리고 그 사랑 이야기   195

5장 폐교기   205

디데이는 10월의 마지막 밤   210

아득히 먼 저쪽은 오호츠크   214

저세상이 벌써 그립다   221

오늘도 신주쿠의 하늘은 탁한 잿빛   228

추천의 글_장정일   236

찾아보기   248

1장
일년생의 견문록

전화를 걸어온 사람이 레이코 씨인지 아닌지, 주변에서 들으면 금세 아는 모양이다. 레이코 씨와 수다를 떨 때, 내 얼굴은 칠칠치 못하게 해사해지면서 목소리 톤은 올라가고 말투는 귀여워진다. 부끄러울 만큼 노골적이란다. 한 친구는 말한다.

"너와 레이코 씨는 전생에 개와 주인이었던 게 아닐까?"

확실히 제일 좋아하는 주인의 얼굴을 보면 끊어질 정도로 꼬리 흔들기를 멈추지 못하는 개와 나는 닮았다. 아아! 그렇지만 레이코 씨도 "나, 마키랑 만나면 따뜻한 기분이 들어" 같은 말을 해주니 꼭 나 혼자만의 짝사랑은 아니다. 술집 '학교'의 카운터를 사이에 두고 레이코 씨와 단둘이서 이슥하도록 보내는 밤.

"정말 멋진 인생이었어. 그래서 언제 죽어도 상관없어."

레이코 씨의 이런 말을 들으면 가슴이 메어온다.

"나야말로 언제 죽어도 좋을 인생이에요, 레이코 씨."

"어머, 마키는 더 살아야지. 앞으로 사람도 잔뜩 만나고 사랑도 잔뜩 해야 하는데."

밧푸쿠 밧푸쿠,
어른이 되기까지

술집 '학교'에 이르러 반세기 가까이 마담을 하는 레이코 씨를 만난 것은 2008년의 일이었다. 우연히 눈에 들어온 신문 기사에 신주쿠 골든가이의 '학교'라는 가게가 소개되어 있었다. 예전에 시인 구사노 신페이*가 연 가게가 장소를 옮겨 지금도 영업을 계속하고 있다는 내용이었다.

오! 구사노 신페이. 그냥 지나칠 수는 없지. 나에게 있어 구사노 신페이는 그 이름을 떠올리면 어쩐지 빙그레 웃음이 나오는 존재다.

처음 신페이 씨를 안 것은 중학교 국어 시간에 나눠준 부교재에서였다고 기억한다. 당시 나는 모든 과목을 따라가지 못했지만, 국어 교과서와 부교재만은 받으면 곧장 전부 읽어버리는 학생이었다. 특히 시와 단카와 하이쿠[1]가 한 권에 정리된 연한 파란빛 표지의 부교재는 마음에 들어 졸업하고 나서도 얼마 동안 버리지 않고 갖고 있었다.

여학생이 좋아할 만한 나카하라 츄야*나 미야자와 겐지*는 거들떠보지 않은 채 나는 신페이 씨의 시에 마음이 끌렸다. 그가 쓴 시 대부분에는 개구리가 나왔다.

춥구나
어 춥네
벌레가 울고 있구나
어 벌레가 울고 있네
머지않아 땅속이구나
땅속은 싫은데 말이야
(하략)

겨울잠을 자기 전에 두 마리의 개구리가 주고받는 시시한 대화로 이루어진 「가을밤의 회화」.

---

[1] '단카', '하이쿠'는 둘 다 일본 고유의 전통시. 단카는 5·7·5·7·7의 31음, 하이쿠는 5·7·5의 17음 형식으로 이루어져 있다.

지구님.

오랫동안 신세 졌습니다.

안녕히 계십시오.

감사했습니다.

안녕히 계십시오.

안녕히.

여섯 줄의 시 「할머니 개구리 미미미의 인사」. 뭐야, 이 거? 좋잖아. 알기 쉽잖아. 나카하라 츄야나 미야자와 겐지 처럼 점잔 빼지 않잖아. 개중에서도 중학생인 나를 빙긋이 웃게 한 시는 「밧푸쿠돈」이었다.

밧푸쿠돈

밧푸쿠돈이 선잠에서 깨어나니.

털이 많은 정강이가 있다.

보니 대단히 큰 사람.

밧푸쿠돈은 포기했다.

그저 일격을 기다릴 뿐이다.

등댓불이 어둠을 꿰뚫는 기세로.

밧푸쿠돈의 눈알은 반짝반짝.

마지막으로 좌우 풍경을 봤다.

애처롭게 물결치는 에테르 따위.

눈치채지 못한 갖가지 것들이.

처음으로 보인다.

아뿔싸. 내 인생은.

이라고.

생각한 다음 순간.

큰 사람이 어느새 사라졌다.

번쩍이는 빛.

따스한 구름.

밧푸쿠돈의 납작한 얼굴을 상냥한 바람이 쓰다듬는다.

밧푸쿠돈은 태어나서 처음으로 평화의 실체를 안 것처럼.

아아. 상쾌하다.

상쾌해.

라고 말했다.

밧푸쿠. 밧푸쿠.

밧푸쿠돈의 두 눈에 푸른 바다와 구름이 비친다.

※고토열도[1]에서는 개구리를 밧푸쿠돈이라고 하니.

---

[1] 일본 규슈 나가사키현에 딸린 군도.

첫머리 두 줄도 좋았고 끝머리에 "고토열도에서는 개구리를 밧푸쿠돈이라고 하니"라고 덧붙인 문장도 좋았다. 특히 "아아. 상쾌하다. 상쾌해."의 기분 좋음이란. '밧푸쿠돈'이라는 유머러스한 이름을 알고 착상이 떠올라서 이 시를 지었을 신페이 씨의 빙그레 웃는 얼굴이 떠오른다.

이제껏 "밧푸쿠. 밧푸쿠."는 내 안에서 목소리를 내어 읽고 싶은 일본어의 넘버원 자리를 뺏긴 적이 없다. 나는 "밧푸쿠. 밧푸쿠." 중얼거리면서 인생을 지나쳐왔다. 유독 국어를 좋아했던 건 아니지만 다른 과목은 더 먼 존재였기에 대학은 국문학과에 들어갔다. 그리고 졸업 논문을 쓸 때 신페이 씨의 시를 주제로 골랐다. 그 논문에서 기억나는 것은 「겨울잠」이라는 시다.

겨울잠

●

본문이 검은 점뿐인 전위적인 시. 이 검은 점은 무엇일까. 나는 졸업 논문에 "이것은 겨울잠을 자는 개구리가 구멍 속에서 올려다본 전 우주다"라는 자기만의 해석을 달았다. 작은 검은 점이 전 우주라니, 제법 재치 있는 해석이라고 흡족해하면서. 하지만 졸업 논문 구두시험에서 한 명의 노교수가 이렇게 말했다.

"난 이 검은 점은 자궁이 아닐까 생각하네만."

자궁! 뭔가 문학적인데! 나는 충격을 받았다. 그 교수는 작은 몸집에 머리는 벗어지고 아침 첫 번째 강의에는 어김없이 지각하는 날라리 선생이었다. 그래도 어딘지 모르게 풍취가 있었다. 예전에 오노 요코와 사귀었다는 소문도 들렸다. 애초 스무 살 언저리의 계집아이가 문학을 알면 얼마나 알겠느냐마는 대학 문학부에 들어가서 가장 문학에 가까웠던 순간은 노교수의 입에서 나온 '자궁'이란 단어를 들었을 때였지 싶다.

그런 까닭으로 만난 적도 없는 신페이 씨가 친근하게 느껴졌다. 시만으로는 도저히 먹고살 수 없어 음식점을 해서 입에 풀칠하며 살았다는 사실도 알았다. 인생의 마지막에 하던 가게가 술집 '학교'라는 것도.

그 가게가 아직 남아 있다니! 신문 기사에 따르면 신페이 씨가 연 초대 '학교'는 신주쿠교엔에 있었고, 1988년 신페이 씨가 죽고 나서 한 차례 폐교했다. 그러다 몇 년 후에 신주쿠 골든가이에서 다시금 영업을 시작했다. 가게를 꾸려가는 마담은 신페이 씨가 하던 시절부터 가게를 도와주던 사람이라던가. 분명 신페이 씨의 여러 가지를 알고 있을 게 틀림없어. 만나보고 싶다, 이야기를 듣고 싶다. 나는 흥분한 채 그 기사를 오려냈다.

모르는 술집에 혼자 가면 주눅이 들 테니 누군가 불러 함께 가야지. 처음에 언뜻 그렇게 생각했지만 마음 어딘가 에서는 깨닫고 있었다. 모르는 땅, 모르는 풍경이야말로 홀 로 보러 가야 함을. 그러면 반드시 뭔가 일어난다.

취할 만큼
레이코 씨의
목소리는 몰랑하다

기사를 읽고 나서 석 달쯤 지났을 가을의 끝자락. 그날은 하라주쿠에서 일이 끝났다. 어둠이 다가오는 선로 옆 거리를 걷다가 "좋아, 결전의 날은 오늘이야"라고 작은 신의 계시를 받은 일이 또렷이 기억난다.

의기양양하게 신주쿠역에서 내렸다. …… 발이 딱 멈췄다. 어라, 골든가이가 어디에 있었더라? 당시 나는 골든가이의 정확한 위치조차 알지 못했다. 뭐가 신의 계시란 말인가. 지도를 보고 나서야 겨우 다다랐다.

골든가이는 골목길이 몇 개나 늘어선 데다 작은 술집들이 너저분하게 찰싹 달라붙어 있다. 전체 모습을 알면 고작

사방 50미터의 작은 공간임에도 한번 길을 헤매기 시작하면 제자리로 되돌아오기 어려운 혼돈 상태라 긴장감이 높아진다. 골목을 하나하나 걸으며 목적지 삼은 가게를 찾는 사이 범죄 사건에 말려들기라도 하면 큰일이지. 들머리에 내걸린 안내도에서 가게 위치를 확인하자마자 쏜살같이 발걸음을 옮겼다.

가게 앞에는 수수한 붓글씨로 '술집 학교'라고 쓴 간판이 켜져 있다. 오, 있다. 있어…… 가까이 다가가다가 다시 그대로 멈췄다. 가게 문에 뭔가 붙어 있는 게 아닌가. 회원제. 일순간 망설였다. 아니야, 여기까지 왔으니까 회원제 팻말을 알아채지 못한 척하며 문이라도 열어보자.

이 까짓것 하며 문을 열자 좁고 어둑어둑한 공간이 나타났다. 먼저 온 손님이 두 명. 차분히 관찰할 여유가 없던 나는 딱딱한 목소리로 인사말을 건넸다.

"안녕하세요?"

"어서 와요."

카운터 안쪽에 있는 마담이 비어 있는 의자를 가리켰다. 검은 비닐이 덮인 스툴이었다.

"뭘 드실 건가요?"

마담의 물음에 어떤 걸 주문해야 하나 싶어 주위를 둘러봤지만 메뉴도 가격도 적혀 있지 않다.

"저기, 맥주 주세요."

이렇게 말하는 게 고작이었다. 기본 안주로 삶은 실곤약과 닭고기에 푼 달걀을 끼얹어 익힌 뒤 유자 껍질을 곁들인 음식이 나왔다. 이 마담이 기사에 실린 레이코 씨려나? 스웨터에서 뻗어 나온 가는 팔, 조그마하게 뒤로 땋아 올린 백발, 그 머리 모양은 전혀 할머니스럽지 않았다. 모던한 느낌이었다. 그때 레이코 씨는 일흔여섯 살이었던가. 이쪽을 탐색하는 듯한 말은 한마디도 하지 않았다.

사실을 말하자면 당시 내 머릿속을 차지한 것은 레이코 씨도 기본 안주도 아니었다. 생각보다 좌석 수가 적었다. 다 해서 다섯 자리였고 그중 두 자리가 비어 있었다. 틀림없이 단골손님이 앉는 좌석이 정해져 있을 거야. 지금이라도 누군가 들어와서 '자기 자리'에 앉은 나를 수상히 여기며 부루퉁한 표정을 짓지는 않을까. 어쨌든 빨리 마시고 빨리 돌아가야겠군. 소심하게 그런 생각만 하며 삿포로맥주 큰 병을 부리나케 마셔치웠다.

그사이 시미즈 씨가 들어왔다. 나중에 시미즈 씨는 웃으며 몇 번이나 말했다.

"거기서 나를 만남으로써 마키의 운은 다한 거야."

아니, 아니, 그렇지 않아요. 운이 다하기는커녕…….

시미즈 씨의
두꺼운 손가락이
삶은 달걀을 벗긴다

시미즈 씨는 양복에 넥타이를 맨 50대 후반의 아저씨로 나를 유심히 쳐다보며 '앗' 하는 얼굴을 했다. 단골 중의 단골이라 '학교'에 오는 손님은 얼추 다 아는데 낯모르는 사람이 보이니 '아니, 이게 누구?'라고 생각했겠지. 우물거리는 목소리로 "처음?", "혼자 왔어?" 따위의 말을 건넸다.

그때까지는 "구사노 신페이의 시를 좋아합니다" 같은 방정맞은 발언은 하지 않을 작정이었다. 신페이 씨가 만든 가게에 들르는 사람은 다들 신페이 씨의 팬일 게 뻔하니까. 어쩌면 죄다 시인일지도 몰랐다. 안이하게 아는 체를 했다가는 부끄러울 뿐이었다. 그런데 시미즈 씨의 질문에 답하는 사이 주뼛주뼛 말하고 말았다.

"옛날에 졸업 논문에서 구사노 신페이 씨를……."

그러자 시미즈 씨와 레이코 씨가 얼굴을 마주 보고는 "어머, 신기해라", "저런, 신페이 씨가 좋단 말이지?"라며 기뻐했다. 이제 신페이 씨가 연 가게라는 사실을 알고 '학교'에 찾아오는 사람은 거의 없다고 했다. 그가 세상을 떠난 지도 20년 넘는 세월이 흘렀다.

"신페이 씨는…… 정말 멋있었어요. 뭐 안 좋은 점도 잔뜩 있는 사람이었지만. 그래서 더 매력적이었죠. 주위에도 재미있는 남자들이 가득했어요. 옛날엔 남자가 남자한테 반하는 일이 많았는데, 요즘은 그런 일이 드무네요."

레이코 씨가 말하는 속도는 너무 빠르지도 너무 느리지도 않았다. 술기운이 오른 귀에 기분 좋게 울렸다. 나는 저절로 헤벌쭉 벌어진 입을 다물지 못한 채 가만히 이야기를 들었다. 아, 이 이야기를 들은 것만으로도 오늘 용기를 내서 여기에 온 보람이 있는걸.

시미즈 씨도 지그시 레이코 씨의 이야기에 귀를 기울이며 '옛날 남자들'의 풍경을 떠올리는 모양이었다. 한 시간 정도 그렇게 술을 마시다가 시미즈 씨가 말했다.

"한 집 더, 같이 가고 싶은 가게가 있어."

그러면서 근처에 역시 50년 가까이 문을 열고 있는 술집으로 나를 데려갔다. 이런 전개야말로 나 홀로 여행의 묘미. 여행은 아니지만 여행 같은 느낌이었다.

겁쟁이 주제에 혼자 술집에 갈 정도의 호기심은 있는 나는 처음 만난 아저씨와도 비교적 쉽게 친해지는 편이다. 그럴 때의 상대는 대체로 누구하고도 스스럼없이 이야기를 나누는 타입의 아저씨로 "우리 집에도 당신만 한 딸이 있지"라며 다가온다. 물론 개중에는 엉큼한 마음을 품고 그러는 사람도 있다.

나중에 차츰 알게 된 건데, 시미즈 씨는 오히려 낯가림도 심하고 말주변도 없어서 상대가 여성이라면 더욱더 뒷걸음질 치는 성격이었다. 아내든 딸이든 있던 적이 없는 듯했다. 그럼에도 그날 밤 용케 나에게 말을 걸어줬다. 신페이 씨의 인도였던 걸까.

시미즈 씨는 홋카이도에서도 북쪽, 얼음덩이가 맞부딪치는 소리가 들려오는 마을에서 태어났다. 고등학생 때는 잡지 펜팔 모집란에서 알게 된 도쿄 여자아이와 편지를 주고받았다. 기타를 치며 손수 만든 노래를 테이프에 녹음하곤 했다. 다자이 오사무*나 미시마 유키오*도 읽었지만 마음을 뺏긴 작가는 요시모토 다카아키*와 다카하시 가즈미*……

짙은 털이 난 두꺼운 손가락으로 소주잔을 든 채 시미즈 씨가 털어놓는 이야기는 모두 다 너무나 순수해서 어쩐지

간지럽다. 필시 쇼와 30년대[1]의 도호쿠에도 규슈에도 시미즈 씨 같은 소년이 있었겠지. 이제 그들은 전부 머리숱 듬성한 아저씨가 되어 어딘가의 술집에서 이렇게 이야기를 하고 있으려나. 인생은 되돌아가는 일 없이 앞으로 나아간다.

문학과 포크송을 사랑한 소년은 도쿄에 올라온 지 40년, 지금은 회사를 경영하고 있다. 주말에는 집에서 혼자 골프 중계를 본다. 마라톤 하는 날에는 마라톤 중계를 본다. 정치가의 토론 프로는 녹화해 본다. 「라디오 심야편」도 즐겨 듣는다. 좋아하는 음식은 삶은 달걀.

20대부터 드나들기 시작한 '학교'와의 인연은 벌써 30년이 넘었다. 자세히 말은 안 해도 시미즈 씨는 장부 관리나 건물주와의 협의, 조합 절차 같은 가게의 사소한 일까지 도와주고 있는 듯했다. 언젠가 이런 말을 한 적이 있다.

"이 '학교'는 내가 도쿄에 있다는 증명서니까."

물론 사무 처리가 서툰 레이코 씨를 위해서겠지만, 어쩌면 그 이상으로 자신을 위해 '학교'를 소중히 여기고 있는지도 모른다.

새끼 새가 태어나 처음 본 존재를 부모라고 인식하는 각인 현상과 어딘가 닮아서 시미즈 씨와 나의 우정은 어미 새

---

1 일본의 연호로 1926년 12월 25일부터 1989년 1월 7일까지를 가리키며, 30년대는 1955년 부터 1964년까지다.

와 새끼 새 같은 이상한 맛이 났다.

　첫날 술집을 데려간 것을 시작으로 지금껏 쭉 시미즈 씨는 "하이쿠 모임이 있거든", "샹송, 듣지 않을래", "아는 초밥집이 있어", "사촌이랑 산에 가는데"라며 함께 가잔 말을 내게 건넸다. 그건 단순히 뭐든지 경험하게 해주려는 부모의 마음이었다. 자신도 젊었을 적에 술집에 드나들며 만난 선배들에게 인생의 중요한 일을 수없이 배웠단다. 그 은혜를 다음 세대에게 갚으려는 사명감 같기도 했다.

　나는 나대로 잘 풀린 일이나 남에게 칭찬받은 일, 가족이나 친구의 자랑을 늘어놓았다. 나이 먹은 어른이 대놓고 말하면 질려버릴 만한 얘깃거리도 시미즈 씨라면 솔직하게 털어놓을 수 있었다. 마치 밖에서 생긴 기쁜 일을 집에 돌아오자마자 엄마에게 뽐내며 보고하는 어린아이처럼.

멋진 남자들은
몇 번이고
되살아난다

그해 겨울부터 나는 한두 주에 한 번꼴로 '학교'에 드나들기 시작했다. 시미즈 씨가 있을 때도 있었고 다른 손님들로 북적일 때도 있었다. 이미 서른을 훌쩍 넘긴 나이였지만 '학교'에서는 한낱 계집아이일 뿐이었다. 손님 대부분이 60대에서 80대 사이. 어떤 사람은 나를 현재 신페이 씨에 관한 논문을 쓰는 대학생이라고 지레짐작하기도 했다. 조명은 어둡고 다들 노안이었다. 덤으로 취해 있기까지 했으니 아름다운 착각을 해도 어쩔 수 없지.

두근두근 내 맘을 설레게 한 것은 손님이 아무도 없어 레이코 씨와 단둘이 수다에 열중하는 밤이었다. 신페이 씨는 물론 레이코 씨의 이야기에는 "단 씨가 말이지", "다로는", "마코 군은" 하며 옛날의 멋진 남자들이 자주 등장한다. 나는 언제나 넋을 잃고 그걸 듣는다. 젊은 날의 레이코 씨가 구사노 신페이에게, 단 가즈오*에게, 야마모토 다로*에게, 쓰지 마코토*에게 "레이"라고 불리며 귀여움 받는 모습이 눈에 훤하다.

좋고 싫음이 확실하고 똑똑하고 조금 거드름을 피우면서도 뻔뻔한 구석이 전혀 없는 레이코 씨. 그녀는 지금도 어딘가 소녀다운데 당시는 어떤 느낌이었을까. 레이코 씨가 '학교'의 일을 거들게 된 것은 스물여덟 살 때였단다. 아키타현 고사카의 광산주 집에 양녀로 들어가 아가씨로 자란 그녀가 신주쿠에서 물장사를 하게 된 데에는 나름의 사정이 있는 것 같다.

"뭐, 머지않아 그쪽 이야기도 들려줄 때가 오겠지."

레이코 씨는 의미심장하게 말한다. 길고 긴 만남이 될 듯한 예감에 들뜬 마음으로 둘이서 맥주 큰 병을 세 병, 네 병 열어간다.

"오늘 밤 장사는 이만하고 우리끼리 마실까? 간판, 꺼버려야지!"

그녀의 장난기 서린 말을 듣자마자 나는 부리나케 간판 불을 끈다.

레이코 씨 왈.

"난, 죽어서 지옥에 갔으면 좋겠어.
천국에 가봤자 아는 사람이
한 명도 없을걸.
암, 신페이 씨가 천국에
갈 리 없고말고."

준 씨의 기상,
에코 씨의 자유

    골든가이에는 원래 '학교'의 손님이던 사람이 시작한 가게가 두 곳 있다. 하나는 60대인 준 씨가 하는 'M', 다른 하나는 50대인 에코 씨가 하는 'G'. 단골손님들은 '학교'에서 파생한 두 가게를 농담 삼아 '분교' 또는 '예비학교'라고 친숙하게 부른다. 손님들끼리 마담들끼리 서로 왔다 갔다 하기에 어쩐지 자매점 같은 분위기다.

    나도 곧 분교에도 예비학교에도 드나들게 됐다. 처음에는 물론 시미즈 씨가 데리고 갔다. 그 뒤 혼자서 셀 수 없을 만치 다녔다. 레이코 씨에게 반한 걸로 따지면 준 씨와 에코 씨는 나보다 선배였다.

준 씨가 하는 'M'은 카운터말고도 테이블 좌석이 따로 있기에 최대 열 명쯤 들어갈 수 있다. 준 씨는 손님이 오지 않는 날에는 담배 연기를 후 내뿜으며 "어차피 우리 가게는 인기가 없으니까……"라고 비뚤어진다. 반면 자리가 꽉 찰 만큼 손님이 들어차는 날에는 금세 어쩔 줄 몰라서는 "아, 더 이상 무리!"라며 기분이 언짢아진다. 아주 까다로운 사람이다.

예전에 오토바이를 몰고 돌아다니다가 사고로 몇 번이나 다리를 골절했단다. 그 탓인지 치마 입은 모습을 본 적이 없다. 머리는 뒤로 모아 올렸는가 싶으면 돌연 짧게 자르기도 하고 그걸 또 노랗게 물든 은행나무 잎처럼 염색하기도 한다. 기분에 따라 변화무쌍한 것이 상당히 멋지다.

접객업을 하는 주제에 거짓 웃음을 짓지 못할뿐더러 술에 취할수록 입이 걸어진다. "야, 시끄러워. 조용히 해"라는 호통은 기본이고 "쩨쩨한 놈이네", "똥이나 처먹어라", "돼지 방귀"(어느 날 준 씨가 마음에 안 든 상대에게 "돼지 방귀"라며 소리쳤고 그 자리에 있던 레이코 씨가 얼굴색 하나 변하지 않고 "어머, 당신, 그런 말 하면 돼지가 가엾잖아"라고 냉정하면서도 품위 있게 나무랐다고) 같은 거친 말을 쏟아내기 일쑤다.

취하면 약간 성가신 준 씨지만 소녀처럼 부끄럼쟁이에 청년처럼 올곧은 구석도 있다. 그날 밤, 손님은 나 혼자뿐이었다. 둘이서 카운터를 사이에 두고 이러니저러니 수다를 떨며 술을 마시며 몇 시간을 보냈다. 세계정세에서 반전 이야기로 넘어가자 준 씨는 뜨겁게 말했다.

"난, 간디의 비폭력주의가 훌륭하다고 생각해. 세계 사람들이 그걸 한결같이 지킨다면 전쟁 따윈 사라질 거야."

응응, 맞장구치며 듣고 있는데 "마키, 난, 비폭력주의를 위해서라면 총알이라도 될 테야"라고 소리 높여 선언했다. 비폭력주의를 위해 총알이 된다고…… 이 말을 뛰어넘는 명언은 좀처럼 없다.

손님에게 아양 떨지 않고 불퉁거리는 준 씨를 '여자답지 못하다'고 여기는 이들도 있지만, 나는 이렇게 여자다운 사람도 없다고 생각한다. 어느 밤, 또 둘이서만 술을 마시고 있을 때였다.

"난 말이야, 레이코란 여자가 너무 좋아. 근데 레이코 씨는 날 그닥 안 좋아해."

착 가라앉은 목소리로 중얼중얼 말을 꺼냈다.

"그럴 리 없잖아요."

나의 달래는 말도 "시끄러워. 내가 제일 잘 알아" 하며 들으려고 하지 않았다.

"그도 그럴 게, 정말 부끄럽긴 한데."

뺨을 발갛게 물들이고 말하는 이야기가 걸작이다.

"옛날에 내가 레이코 씨한테 물은 적이 있어. '5단계로 평가한다면 나를 좋아하는 정도는 어디쯤이냐'고. 이쪽은 물론 최고로 좋아하니까 '5'라고 대답해주길 바라잖아. 근데 레이코 씨는 잠깐 생각하더니 새치름한 얼굴로 '음, 4인가'라고 하는 거야."

"푸하하하하!"

"어이, 친구, 너무 웃는데."

큰 소리로 웃는 나를 준 씨가 흘겨봤다. 나는 이 이야기가 참 좋았다. 5단계로 치면 얼마쯤 좋냐니, 주체궂은 말을 꺼내는 것은 예로부터 여자이기 마련이다. 준 씨, 여자답잖아요. 거기서 새침하게 '4인가'라고 대답하는 레이코 씨 역시 레이코 씨답다.

한편 'G'를 하는 에코 씨는 비뚤어진 구석이 전혀 없다. 어떤 손님이라도 있는 그대로 맞아들인다. 그것과 똑같은 솔직함으로 달갑지 않은 손님은 확실히 거절한다. 그래서 에코 씨의 가게에는 항상 다양한 타입의 사람들이 찾아오고 다들 유유자적 시간을 보내다가 돌아간다. 혁명가, 예술가, 노인, 젊은이, 동성애자, 이성애자, 외국인…….

멋스러운 펠트 모자를 쓴 밤이 있는가 싶으면 소매 달린 새하얀 앞치마를 걸친 밤도 있다. 오래된 유행가를 흥얼거리는 날이 있는가 싶으면 영화음악에 몸을 맡긴 채 춤추며 소주와 메밀차를 섞어주는 날도 있다. 그 자유스럽고 야심 없는 분위기는 오쿠히다[1] 산속에서 자랐기 때문일까. 유연하게 활공하는 참매 같기도 하고 천진스레 날아다니는 나비 같기도 하다.

"내가 죽거든 제일 먼저 에코한테 연락해."

레이코 씨는 늘 말한다. 그 기분을 잘 알 것만 같다. 에코 씨라면 죽음에 얽힌 모든 것을, 추함이나 두려움까지 전부 중립적으로 받아들이리라.

---

[1] 험한 산악지대로 이루어진 기후현 북쪽 일대를 가리키며 '가장 험준한 오지'라는 뜻이다.

> 황홀한 밤은
> 깊어가고······
> 사건은 일어났다

2009년 3월 16일. 그날 밤, 나는 기뻐서 어쩔 줄 몰랐다. 에코 씨의 가게 'G'에서 오밤중까지 술을 마셨다. 좌우에는 가게 문을 닫고 온 레이코 씨와 준 씨, 다른 손님은 없었다. 세 명의 마담이 다 모인 자리에 자신이 껴서 앉아 있다는 행복. 나이도 출신도 다른 여자 네 명이 두서없는 수다를 떨며 다 같이 웃고 또 웃었다.

그사이 가게 스피커에서는 샹송이 흘러나왔다. 레이코 씨가 프랑스어로 흥얼거린다. 에코 씨가 춤을 춘다. 준 씨가 지그시 눈을 감고 담배를 피운다. 여기는 파리인가? 몽마르트르인가? 뭐란 말인가, 이 진한 맛의 공간은.

황홀하게 밤은 깊어지고 연회는 끝이 났다. 당시 아케보노바시에 살던 레이코 씨와 함께 택시를 타고 귀갓길에 올랐다. 내가 "집 앞까지 데려다줄게요"라고 말하자 "매번 이큰길에서 내리니까 괜찮아"라는 레이코 씨.

"그럼, 안녕히 주무세요."

우리는 손을 맞잡은 뒤 헤어졌다. 나는 히죽거리며 집으로 돌아와 이불 속으로 들어갔다. 아아, 이토록 기분 좋은 밤은 인생에 몇 번 없으리라.

사흘 뒤 저녁녘에 시미즈 씨로부터 전화가 걸려왔다. 몸속에 아직 그 밤의 여운이 남은 나는 들뜬 목소리로 "여보세요"라고 했던 것 같다. 그러자 시미즈 씨가 평소보다 더 잠긴 목소리로 입을 뗐다. 그 밤, 나를 태운 택시가 떠나자마자 레이코 씨가 길바닥에서 넘어졌다는 것이었다. 이튿날부터 일어나지 못한 채 가게도 쉬었는데, 좀처럼 통증이 가시지 않는 게 이상해서 오늘 겨우 병원에 갔더니 고관절 골절이라고 했단다.

이런 일이! 내가 히죽히죽 웃으며 잠드는 순간에, 아니, 그때부터 지금까지 쭉 레이코 씨는 아파하고 있었다. 들떠 있던 자신이 얼간이처럼 느껴졌다. 두 달간 입원 치료가 필요하다고 했다면서 시미즈 씨가 말을 이어갔다.

"그동안 '학교'를 어떻게 할지, 단골들이 모두 모여 의논

해볼까 싶어 연락했어. 오늘 밤, 마키도 올 수 있지?"

나는 마음이 들썩대서 일을 대충 끝내고 곧장 '학교'로 달려갔다. 늘 다녀 익숙한 좁은 길에 불 꺼진 가게 간판이 고즈넉이 보였다. 이미 그것만으로도 힘이 쭉 빠졌다. 간판 불은 그런 존재임을 처음으로 깨달았다. 가게 문을 열자 낯익은 얼굴의 사람들이 몇 명인가 모여 있었다.

"아, 저는 어째서 레이코 씨를 집 앞까지 데려다주지 않은 걸까요?"

"그런 말을 해봤자 어쩔 수 없는 일이잖아."

"지금 중요한 건 가게를 어떻게 할지야."

"두 달이라, 꽤 기네."

"자, 마시면서 의논해보자고."

"그렇군, 술은 팔 만큼 많이 있으니."

"그럼 맥주라도 꺼내 올까요?"

'학교'에서 가장 학년이 낮은 내가 당연히 움직였다. 냉장고에서 병맥주를 꺼내고 그릇장에서 유리컵을 집어 든 뒤 카운터 앞에 서서 병따개를 찾았다. 단골손님들이 그런 나의 행동을 가만히 눈으로 좇았다. 침묵. 맥주를 따르는 소리. 그리고 시미즈 씨의 한마디.

"마키, 네가 대신 가게를 맡아주지 않을래?"

나를 기다리고 있던 것은 레이코 씨가 입원하는 동안 대타로 '학교'의 마담이 된다는 뜻밖의 전개였다. 이튿날, 레이코 씨에게 병문안을 갔다. 병원 침대에 드러누운 레이코 씨는 내 얼굴을 보자마자 눈물을 흘렸다.

"아, 마키. 너한테 엄청난 부담을 주게 돼버려서……."

늘 올리던 머리카락을 베개에 흐트러트린 채 누운 레이코 씨는 상황과 어울리지 않게 참으로 아름다웠다.

"이런 말을 하면 더욱더 네가 부담스러울 테지만…… 그래도 역시 신페이 씨가 당신을 보내주었다고밖에 생각할 수 없어."

나는 그다음 주부터 매일 저녁 여섯 시에서 열한 시까지 '학교'를 열었다. 초반에는 낮 동안 같이 일하는 동료들에게는 말하지 않았다. 그러다 저녁때 있는 회의를 빼먹는 이유가 필요해져 할 수 없이 털어놓았다. 친한 사람들은 재미있어하며 술을 마시러 오거나 간식을 사 들고 들렀다가 설거지까지 도와주기도 했다.

'교장 선생'인 레이코 씨가 없는 동안 나는 '대리 교사', 얼추 매일 밤 얼굴을 내미는 시미즈 씨는 '교감 선생'이 됐다. 시미즈 씨 본인은 "난 수위 아저씨야"라고 우겨댔지만. 확실히 나무젓가락이 모자라지는 않는지 얼음값 지급이 밀리지는 않는지 살뜰히 챙기는 모습이 수위 아저씨 같았다. 거의 아무런 말도 않고 소주 미즈와리[1]를 몇 잔이나 다시 청하면서 반쪽짜리 마담의 밤이 무사히 지나가기를 지켜보는 모습은 보호자 같기도 했다.

아직 낯모르는 손님이 많았기에 나는 공책에 초상화를 그리며 이름을 외웠다. 그러는 김에 술주정뱅이들이 주고받는 재미난 대화도 적었다. 책 이야기, 영화 이야기, 정치나 역사 이야기 그리고 가벼운 말장난과 옛 노래.

대부분은 두근거리며 메모했지만 때론 카운터 안쪽에 있는 일에 지쳐서 공책을 열기도 했다. 왠지 모르게 어색한 공기가 감돌 때나 좌석에 열기가 가득할 때, 그 공책을 펼치면 A4 크기의 창이 보여 잠시나마 자신의 세계로 도망칠 수 있었다.

단골손님들은 평소보다 가게를 자주 찾아와 어설픈 마담을 마음 졸이며 바라봤다. 내가 얼음송곳을 손에 들면 가게 안에 긴장감이 감돌았다.

"아니, 왜 다들 쥐 죽은 듯 조용히 있는 건데요?"

"마키, 피로 물든 얼음만은 제발 참아줘."

"아하하, 조심할게요."

---

1 일본에서 술을 희석해서 마시는 방법 중 하나로 차가운 물을 섞은 것.

이윽고 하나조노 신사 안 벚나무에 꽃이 피고 진 뒤 어린 잎이 돋는 사이, 나도 손님도 조금씩 익숙해졌다.

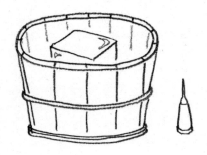

술은
찰찰 넘칠 만큼
따르라는 가르침

내가 가게 카운터에 선 날을 기점으로 '학교'의 안주는 돌연 소박해졌다. 오이에 된장, 어린 멸치에 간 무, 있는 힘을 다해봤자 감자 샐러드. 아, 이럴 줄 알았으면 요리 실력이나 갈고닦아 둘걸.

애당초 신페이 씨는 술안주를 만드는 천재였다고 들었다. 시를 써서 버는 돈만으로는 가족을 먹여 살릴 수 없었기에 닭꼬치 포장마차를 끄는 등 선술집을 여는 등 평생에 걸쳐 요식업을 하며 입에 풀칠하고 살았다. 그건 결국 얼마나 값싼 재료를 사서 어떻게 가난한 술꾼이 기뻐할 만한 안주로 탈바꿈시키느냐를 연구하는 일이기도 했다.

"신페이 씨의 작품에서 좋아하는 작품 하나를 고르라"고 한다면 나는 망설인 끝에 시가 아닌 "화차의 메뉴"라고 대답할지도 모른다. 선술집 '화차'는 신페이 씨가 1950년대에 운영하던 가게로 말하자면 '학교'의 전신이다. 그 메뉴를 나열하면 이렇다.

만월(달걀노른자 된장절임)

겨울(돼지고기 묵)

백야(양배추와 베이컨을 넣은 우유 수프)

흙탕(가다랑어 젓갈에 유자와 파슬리)

오월(오이와 땅두릅과 양파 무침, 카레 맛)

원과각(드라이소시지와 치즈)

적과흑(김말이과자)

피이(땅콩)

하늘(특급주)

귀(일급주)

귀신(소주)

보리(맥주)

샘물(하이볼)

숨(사이다)

어쩜, 이리 멋질까. 일상의 언어가 있는 그대로의 모습으로 늘어서 있다. 그런데도 풍요롭다. '학교' 초창기에는 '화차' 시절의 메뉴를 내기도 했던 모양이다. 단 레이코 씨가 말하길, "만월 따윈 요즘 사람들 입맛에는 안 맞을걸."

레이코 씨가 선보이는 간판 안주는 실곤약과 양파와 닭고기를 달콤하고 짭짤하게 볶은 뒤 달걀을 풀어 덮은 '닭고기 달걀 볶음', 닭 날개와 토란과 곤약을 술과 간장으로 볶은 요리, 삶은 달걀과 어묵. 이런 것들을 냄비에 한가득 만들어두고 찾아오는 손님 한 명 한 명에게 엄마처럼 묻는다.

"배는?"

공복인 손님에게는 안주를 그릇에 듬뿍 담아준다. 서양풍 음식이나 물건을 좋아하는 레이코 씨답게 나카무라야[1]의 러시아식 오이피클이나 이세탄백화점의 크림치즈도 늘 쟁여둔다. 삼짇날이면 맑은탕을 끓이고 복날이면 장어를 내놓고 동짓날이면 호박을 볶는다. 어느 날, 물었다.

"계절 행사를 소중히 여기는 건, 신페이 씨 때부터에요?"

"신페이 씨는 그런 일, 별로 신경 안 썼어."

레이코 씨가 대답했다. 고리야마의 상인 집안에서 태어난 레이코 씨는 열 살 때 아키타에서 광산을 경영하는 집안의

---

[1] 신주쿠에 본점이 있는 식품 회사. 1백 년 넘는 전통을 자랑하는 신주쿠 본점은 지금도 도쿄 최고의 카레 맛집으로 꼽힌다.

양녀로 들어갔는데, 그 집안이 계절마다 풍습을 확실히 지켰던 듯하다.

신페이 씨와 레이코 씨가 심혈을 기울여 안주를 내놓던 역사를 완전히 무시한 채 나는 오이와 된장을 내놨으니, 손님들은 필시 실망했으리라. 때때로 'M'의 쥰 씨가 돼지고기구이를 나누어줬다. "마키, '학교'는 싸구려 술집이니까 돼지고기구이는 얇게 잘라서 내는 거야"라면서.

신페이 씨가 신주쿠교엔에서 하던 초대 '학교'는 천장 속을 쥐가 뛰어다니고 화장실 문이 닫히지 않을 정도로 낡은 가게였다. 그런 일 따윈 조금도 신경 쓰지 않는 가난뱅이 문인들이 매일 밤 값싼 술을 마시며 인사불성이 되도록 취했다. 골든가이로 옮긴 뒤에도 '학교'의 단가는 아마도 근처 가게 가운데 제일 쌌지 싶다. 고급술도 없었다.

그런데도 레이코 씨는 '위스키 미즈와리'를 주문받으면 무턱대고 진하게 만들었고 '소주 한 잔'이라고 하면 찰랑찰랑 넘쳐흐를 만큼 유리컵 가득 술을 채웠다. "이왕 술집에 왔는데 취하지 않으면 안 돼"라는 것이 그녀의 입버릇이었다. 그 말을 떠올리며 나도 힘차게 술을 콸콸 따랐다. 안주는 시원찮아도 우선 진한 술맛이란 전통만은 지켜나가자.

신페이 씨는 평소 성미가 급했지만,

요리를 만들 때면 느긋했다.

닭 껍질을 천천히 볶다가 흘러나온 기름을 버리고

바삭바삭해지면 간장으로 맛을 낸 안주가 일품이었다.

1952년 3월,

선술집 '화차'의 카운터에 선 구사노 신페이.

> 덥수룩 씨는
> 오늘도
> 덥수룩어로 노래한다

단골손님의 '등교' 빈도가 높아졌을 즈음, 덥수룩 씨도 주에 두세 번꼴로 가게에 얼굴을 내비쳤다. 키가 크고 머리 꼭대기가 휑하고 그 주변으로 흰머리가 덥수룩하게 흐트러져 있는 그는 언제나 생글생글 웃으며 기분 좋게 가게에 들어와 말한다.

"맥주."

거기까지는 알아들어도 그 뒤로 그의 입에서 나오는 언어는 잘 알아들을 수가 없다.

"네?"

되물으면 또 뭐라고 말하긴 하지만 역시 모르겠다. 덥수룩 씨의 후배로 오래 알고 지낸 오카와 씨는 어느 정도 들리는 듯한데, 그가 없으면 아무도 알아듣지 못한다. 그러는 사이 본인도 "어쩔 수 없네"라고 말하듯 쓴웃음을 지으며 더는 무언가를 말로 전하기를 포기한 채 생글생글 웃으며 술을 마신다.

덥수룩 씨는 60대 중반, 직업은 장정가. '학교'에 입학한 지 족히 30년은 넘었다고 하니 시미즈 씨보다도 선임인 셈이다. 항상 긴 다리를 청바지로 감싸고 담배와 정기권이 든 작은 가방을 비스듬히 메고 있다. 말이 명료하지 못한 탓에 복잡한 대화는 영 서툴다. 휴대전화는 소유하지 않는 주의. 좋아하는 것은 바둑과 장기, 꽃아카시아, 조개회, 아트 블래키* 그리고 술과 여자다.

낮에는 어떤지 잘 몰라도 밤, 술집에서 만나면 늘 기분이 좋다. 몸소 나서 수다를 떠는 일은 절대로 없지만 주변의 대화에 귀를 기울이고 있다가 마침맞은 순간에 "좋네!"라고 맞장구를 쳐준다. 아는 노래가 나오면 즐거운 듯 흥흥 콧소리를 낸다. 좋아하는 사람이 있으면 생글방글한 얼굴이 더욱 싱글벙글해진다. 거북한 사람이 오면 웃으며 쓱 도망간다. 지루하면 슬쩍 자리에서 일어난다. 근처에서 2차, 3차로 술집 순례를 하다가 기분이 내키면 다시 슬며시 돌아온다.

내가 레이코 씨를 대신하는 사람임은 금세 외워서 매번

생긋 웃어준다. 그리고 말한다.

"…… 뭐더라?"

그 말이 이름을 묻고 있음을 알아차리기까지 잠깐의 시간이 필요했다. 몇 번이나 되풀이하는 사이 "마키입니다"라고 대답할 수 있게 됐다. 하지만 덥수룩 씨는 "응, 마키. 외웠어"라고 말하면서 좀처럼 기억하지 못했다.

5월 12일, 때마침 신페이 씨의 생일이었다. 냉장고에서 병맥주를 꺼내 들다가 손이 미끄러지는 바람에 그만 바닥에 떨어뜨리고 말았다. 바닥은 그냥 콘크리트였기에 쨍그랑 소리가 커다랗게 가게 안에 울려 퍼졌다. 한쪽에 호박색 액체와 유리병 조각이 나뒹굴었다. 어어, 이를 어쩌지? 잠시 멍하니 서 있는 틈에 덥수룩 씨는 내 발밑에 냉큼 쭈그리고 앉더니 후다닥 유리 조각을 줍기 시작했다.

"앗, 제가……."

내가 얼른 말했지만 그는 싱글벙글한 얼굴로 손을 저었다. "위험하니 나한테 맡겨"라고 하듯이. 말로는 나오지 못해도 무엇을 말하고 싶은지는 확실히 전달되다니 굉장하다.

덥수룩 씨는 콧노래를 흥얼거리며 느긋한 분위기를 깨지 않은 채 커다란 손을 상상외로 재빠르게 움직여 뒤처리를 했다. 자잘한 조각까지 깨끗하게 다 주운 뒤 걸레로 바닥에 쏟아진 맥주를 닦았다. 그러고는 내 얼굴을 보며 히히히 웃더니 뭐라고 중얼거렸다. 차분히 들으니 이런 말이었다.

"오늘은…… 신페이 씨의 생일…… 그러니 바닥한테 도…… 술을 마시게 해줘야……."

그 띄엄띄엄 말을 이어가는 느낌도, 맥주 한 병을 헛되게 버린 일을 사랑스럽게 해석해준 센스도 가슴에 촉촉이 스며들었다.

얼마쯤 지나자 덥수룩 씨는 가게 문을 닫은 나를 근처 가게에 데려갔다. "괜찮다면 다른 가게에서 같이 한잔할래?" 따위의 따분한 말은 건네지 않았다. 그저 한마디뿐이었다.

"가자!"

"네!"

어찌 된 일인지 말수 적은 병에 나도 전염돼 있었다.

덥수룩 씨와 술을 마시러 돌아다니는 일은 분주하기 짝이 없다. 나비처럼 팔랑팔랑 좋아하는 가게에 들어가서 기쁨에 겨워 한 잔, 또다시 팔랑팔랑 다른 가게로 날아가서 한 잔. 한곳에 머무는 시간은 기껏해야 15분. 가는 곳마다 "오, 또 새로운 여인을 데리고 왔네"라는 말을 듣는 걸 보면 늘 여러 여인과 함께 술을 마시러 다니는가 보다.

자주 드나드는 술집이 대여섯 곳 있어 그곳의 마담과 마스터와 아르바이트생, 술 취한 손님은 모두 "나의…… 친구들"이었다. 그들에게 "학교의…… 마키"라고 나를 소개했다. '……' 다음에 제대로 '마키'가 나오면 안도했다. 왜냐하면 다섯 번에 한 번은 "학교의…………" 하고 말이 막혀버리는 통에 "마키입니다"라고 스스로 이름을 대곤 해서다.

이 가게에서 저 가게로 이동할 때도 덥수룩 씨의 행동은 자유자재다. 빠른 걸음으로 쭉쭉 앞서간다 싶으면 느닷없이 멈춰 서서 길을 가로지르는 고양이를 바라본다. 하나조노 신사로 가는 샛길에 마음에 든 나무 한 그루가 있어 그 나무 옆을 지나갈 때면 줄기에 귀를 바짝 붙이고 안쪽의 소리를 듣는다. 키가 크고 머리가 벗어진 어린아이 같다. 그의 리듬에 맞춰 걸으면 나까지 아이가 된 듯한 기분이다.

올려다보면 덥수룩한 머리털 뒤로 달님이 있다. 내가 "아!" 하고 가리키면 덥수룩 씨도 뒤돌아보고 "오!" 한다. "비, 그쳤네요"라고 중얼거리면 기분이 좋은지 웃고는 "기요시로"라는 한마디를 던진다. 뭐지? 잠시 생각하다가 이마와노 기요시로*가 부른 노래 「비 갠 밤하늘에」를 말함을 깨닫는다. 대화가 이루어지고 있는지 어떤지, 그 아슬아슬한 선에 걸쳐 있다.

하나조노 신사에서

닭날이면 파는 갈퀴 '곰 손'.

매해 누군가 사 들고 와서

가게 안 대나무 발에 꽂아놓고 간다.

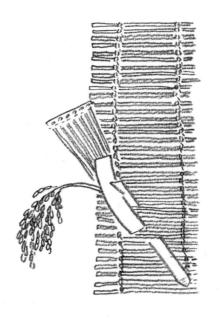

나이 먹은 남자는 '좋은 얼굴'과 '좋지 않은 얼굴' 두 가지로 분류된다. 대체로 쉰 살을 넘기면 차이가 뚜렷이 난다는 것이 나의 견해다. 그보다 어린 남자는 헷갈리게 하는 요소가 많다. 가슴팍이 두툼하거나 어려워 보이는 책을 읽거나 유머 감각이 뛰어나거나. 그런 것들이 눈을 속여서 '좋은 얼굴인지 아닌지'를 잘못 판단할 때가 있다. 아니, 내가 미숙할 뿐인가. 어찌 됐든 쉰 살이 지나면 그때부터는 얼굴 승부다.

'학교'에 드나들면서 더욱 실감했다. 과연 인생이 얼굴에 드러난다는 말이 이런 뜻이구나, 어렴풋이 깨달았을 즈음 아토 씨가 찾아왔다. 이 사람, 응용문제였답니다.

아토 씨가 문을 열고 들어오면 가게 안에 음침한 공기가 감돈다. 약간 새우등에 삐삐 마른 몸, 수수한 면 셔츠에 헐렁한 바지, 손때 묻은 까만 천 가방을 들고 있다. 카운터에 손을 짚고 앞을 바라보는 자세를 취하면서 미소도 짓지 않고 말한다.

"와인을 주게."

얼굴빛은 나쁘고 심술궂게 일그러진 표정이다. 서슴없이 '좋은 얼굴 아님' 쪽으로 분류한다. 70대 중반으로 도쿄대 출신, 우주공학인지 유체역학인지의 전문가로 지금도 툭하면 해외에 나가는 엘리트다. 아토 씨가 스툴에 엉덩이를 내려놓으면 가게 안에는 잠시 멈췄던 대화가 주뼛주뼛 재개된다. 하지만 그건 몇 분 전과는 확실히 다르다. 어설픈 이야기라도 했다가는 아토 씨가 물고 늘어짐을 다들 알고 있어서다. 남의 대화에 끼어들어 매섭게 말한다.

"그건 틀려."

"전혀 모르잖아."

"말이 안 통하네."

…… 잠잠해진다. 여느 때의 '학교'에 흐르는 느긋한 공기가 몽땅 자취를 감춰버린다. 뭐지, 이 기분 나쁜 할아버지는! 시미즈 씨가 나무라는 듯한 말을 하면 아토 씨는 금세

불끈한다. 아무래도 시미즈 씨와 상성이 그다지 좋지 않나 보다. 그런 상황에 빠지면 나는 더욱더 허둥지둥한다.

다만 아토 씨는 내게는 짓궂은 말을 한 적이 없다. 최대한 붙임성 있게 대하려는 마음일까. "할멈의 상태는 어떤가?"라고 말을 걸어주곤 한다. 처음에는 '할멈'이라니 누구를 일컫는 걸까 싶었는데 알고 보니 '레이코 씨'였다. 할머니 아닌데, 생각하며 나는 산뜻하게 대답한다.

"덕분에 순조롭게 회복하고 있습니다."

"그렇군."

일순 그의 얼굴이 일그러진다. 그것이 웃는 표정임을 알게 되기까지 다소 시간이 걸린다. 마치 웃음을 금지당한 나라의 백성이 오랜만에 지상에 내려와서 웃으려고 아등바등하는 것만 같다. 때로는 "자네도 와인 한 잔 하게나"라며 막 뚜껑을 딴 와인을 권하기도 한다.

"잘 마시겠습니다."

내가 짐짓 기운차게 인사하면 아토 씨의 얼굴이 또 조금 일그러진다. 하지만 입 밖으로 내는 것은 "이런 싸구려 와인, 별것 아니야." 흥, 싸구려 와인이라 미안하네요. 아토 씨는 와인통이다. 아니, 와인통이니 그런 거 어떻든 상관없다. 상냥한 건지 심술궂은 건지, 사람과 접촉하고 싶은 건지 거부하고 싶은 건지. 이 알기 어려운 사람은 도대체 무엇이란 말인가.

아토 씨는 정통파 인텔리다. 이과 전공이지만 예술이든 경제든 뭐든지 두루두루 알고 있다. 취기가 오르면 『만엽집』의 한 구절을 암송하거나 "기욤 아폴리네르는……" 같은 지식을 늘어놓는다. 아, 이렇게 쓰고 보니 알겠다. 그렇구나. 아토 씨는 '학교'에 어울리는 화제를 골라 말하고 있구나. 레이코 씨나 '학교'의 손님들이 즐거워할 만한 문학의 향기가 나는 이야깃거리를 의식적으로 꺼내는 게 틀림없다.

그런데도 다른 손님이 "과연, 훤히 아시네요"라고 칭찬하면 "이런 거, 누구라도 알아"라고 쌀쌀맞게 대꾸한다. 정말이지, 어떻게 자라면 저렇게 뒤둥그러진 사람이 될 수 있을까. 타인이 바보로 보여 견딜 수 없어, 라는 아토 씨의 태도에는 넌더리가 난다. 동시에 이 사람은 어째서 일부러 사람들이 싫어할 이야기만 하는 걸까, 거꾸로 흥미도 솟는다.

손님들 가운데는 아토 씨가 모습을 드러내면 "그럼, 나는 이쯤에서 끝낼게" 하고 티 나게 자리에서 일어나 돌아가 버리는 사람도 있다. 아토 씨가 없을 때 "저 사람, 싫어"라고 확실히 말하는 사람도 있다.

이 일대의 술집 주인들은 기본적으로 손님에게 알랑거리지 않는다. 다른 손님에게 폐를 끼치는 사람에게는 "조용히 하세요" 심지어 "돈은 필요 없으니까 그만 돌아가세요"라고 엄하게 대응한다. 그래야만 술집의 평화가 지켜지고 오랫동안 손님에게 사랑받는 가게가 될 수 있다. 지금, 내가 그런 상황에 놓인 건가? 근데 뭐라고 말해야 하지? 레이코 씨라면 어떻게 대처하려나.

답답함이 뭉게뭉게 피어오른다. 점점 아토 씨가 오는 것이 무지근하기 그지없다. 하지만 언제고 답답함은 무언가를 알게 되는 전조다. 아토 씨의 등장은 나에게 무언가를 깨달으라고 고하고 있다.

그리고 몇 번째인가 아토 씨가 찾아왔을 때, 마침내 나는 깨달았다. 손님들 가운데 아토 씨를 피하지 않는 사람이 단 한 명 있다는 사실을. 바로 오카와 씨였다.

오카와 씨의
검은 테 안경 너머

오카와 씨는 40대 후반으로 '학교'의 단골손님 중에서는 단연 젊은 축에 속했다. 직업은 그래픽 디자이너로 15, 16년 전부터 직장 선배인 덥수룩 씨를 따라 '학교'에 등교하기 시작했다고 한다.

임시 마담으로 카운터 안에 들어오기 전에도 오카와 씨를 가게에서 본 적이 몇 번 있다. 몸집이 작고 온화한 둥근 얼굴에 검은 테 안경을 쓴 그는 언제나 거무스름한 재킷 차림이었다. 혼자서 찾아와 조용히 술을 마시고 조용히 돌아갔다. 자신의 이야기를 꺼낸 적은 거의 없고 늘 주변의 대화에 정중히 맞장구를 놓을 뿐이다. 시선을 끌거나 화제의 중심에 서는 일이 영 껄끄러운 모양이었다.

레이코 씨가 입원해 있는 기간에 '학교'를 어떻게 할지 의논하던 밤에도 잠자코 다른 사람들의 이야기에 귀를 기울였다. 그리고 필시 시미즈 씨로부터 "마키가 대신 가게를 여는 동안 오카와 너도 되도록 얼굴을 내밀어줘"라고 부탁받았는지, 보통은 일주일에 한 번꼴로 오는 오카와 씨건만 사흘이 멀다고 드나들었다. 특히 시미즈 씨가 오지 않는다는 사실을 미리 들은 밤에는 늦더라도 꼭 가게에 들렀다.

"오카와 씨, 오늘 밤 무리해서 와준 거 아니에요?"

내가 물으면 그는 웃으며 짧게 대답했다.

"나는 마시는 것밖에 할 수 없으니까."

그건 그렇고, 비뚤어진 할배 아토 씨의 이야기로 돌아가자. 오카와 씨는 아토 씨가 어떤 태도를 보여도, 가게 분위기가 험악해져도 혼자서 평온한 자세를 흐트러뜨리지 않는다. 나무라는 일도 없고 사탕발림하는 일도 없이 차분히 받아들이며 극히 평범한 대화를 착실히 이어간다. 모르는 이야기에는 "음, 몰랐네"라고 중얼거린다. 빈정대는 구석이 조금도 없다. 아는 이야기에는 "그거, 들어본 적 있어요"라고 답한다.

그러나 그 이상 화제를 가로채지 않고 가만히 다음 이야기를 기다린다. 그 바탕에는 아무에게도 내색하지 않은 아토 씨에 대한 존경심이 깔려 있다. 오카와 씨와 이야기를 주고받고 있으면 아토 씨의 표정은 점점 온화해진다. 오카와 씨, 굉장해. 그저 조용한 사람만이 아니었어. 사람은, 특히 남자는 주도권 다툼을 중시하는 생물이다. 그런 가운데 오카와 씨는 독특한 빛을 내뿜는다.

그 뒤로 주의 깊게 살펴보니 과연 '학교'에 오는 사람 대부분이 오카와 씨를 좋아했다. 다들 오카와 씨의 모습을 발견하면 왠지 모르게 안심하는 눈치였다. 어떤 사람은 가게에 들어오자마자 "오카와 씨, 오늘 왔어?"라고 묻기도 한다. 존재감이 없는 것 같으면서도 있다. 이제까지 오카와 씨의 훌륭함을 못 보고 놓치다니, 엄청난 실수를 저지르고 있었다. 아토 씨가 없었으면 쭉 알아차리지 못한 채 지냈을지도 모른다. 아, 고마워요. 아토 씨!

자기 얘기는 별로 하지 않는 오카와 씨지만, 매우 친한 손님만 남은 어느 밤에 어찌 된 흐름인지 어린 시절 어머니를 병으로 떠나보냈다는 이야기를 해준 적이 있다.

"어머니가 돌아가시면 이 세상이 끝나는 게 아닐까 생각했거늘 돌아가신 다음 날도 세상은 변함없더군."

초등학생이던 오카와 씨가 맞닥뜨린 어머니가 사라지는 공포는 상당히 컸을 텐데, 이미 몇십 년이나 지난 일이고 키워준 어머니는 지금도 건강하신 까닭에 본인은 담담했다.

그것이 오히려 가슴을 쿡 찔렀다. 덧붙여 오카와 씨는 사람이 없어졌든 술이 없어졌든 '없어졌다'는 말을 할 때 첫 글자 '없'에 악센트를 준다. 고향 이와테의 사투리일까.

원래 같은 직장을 다녔던 덥수룩 씨와 오카와 씨는 서로를 특별히 생각하는 사이다. 하지만 가끔 마음이 맞지 않는 떠돌이 형과 모범생 동생 같은 모습도 보인다. 둘 다 사전에 약속하고 술을 마시러 오는 게 아니기에 엇갈릴 때도 많고, 시간이 맞아 만나더라도 뭐라고 말할 수 없는 정경이다.

가령 오카와 씨가 일하다가 커터칼에 손등을 베어 얼마간 붕대를 감고 있을 때였다. 그 모습을 본 덥수룩 씨는 "오카와 군…… 손, 어떻게 된 거야?"라며 걱정스레 물었다. 이에 오카와 씨는 "그게, 커터칼에 좀 다쳐서……"라고 쑥스러워하며 대답했다. 그런데 서로 술에 취한 상태라 그 대화를 기억하지 못했던 듯하다. 며칠 후 다시 '학교'에서 얼굴을 마주한 둘.

"오카와 군…… 손, 어떻게 된 거야?"

"그게, 커터칼에 좀 다쳐서……."

이런 대화를 아주 진지하게 되풀이한다. 나는 매번 히쭉히쭉 웃으며 그 장면을 바라본다. 덥수룩 씨의 소박한 상냥함과 오카와 씨의 멋쩍은 배려가 '학교'의 낡아빠진 카운터를 잠길랑 말랑 뒤덮는다.

유부를
프라이팬에
굽는 밤

이야기는 다시 아토 씨로 돌아간다. 오카와 씨가 없는 밤
이 오면 역시 아토 씨는 예의 그 심술궂은 태도를 보인다.
그러면 다들 긴장하고 나도 마음이 조마조마하다. 어느 날,
아토 씨가 말을 꺼냈다.

"내가 할멈과 안 지는 꽤 오래됐다네."

아무래도 레이코 씨가 '학교'에서 일하기 전부터 아는 사
이로, 즉 어느 손님들보다 오랜 친구인 모양이다.

"어머, 그러세요."

명랑하게 대답하면서 나는 내심 '그래서 어쩌라고? 오래
사귀었다고 뻐기는 건가'라고 생각했다.

레이코 씨한테 병문안을 하러 갔을 때, 아토 씨의 이야기가 나왔다.

"그 사람이 오면 다들 기분이 나빠지지. 나도 그건 알고 있어. 그래도 오래 알고 지낸 사이라서 딱 잘라 오지 말라고는 못 하겠더라고."

레이코 씨는 상태가 꽤 좋아져 침대 가장자리에 걸터앉아 있었다. 접이식 의자에 마주 보고 앉은 나에게 어디까지 자세히 이야기해야 하나 싶은 말투로 사연을 털어놓았다. 20대 무렵, 아직 '학교'도 신페이 씨도 만나기 전 레이코 씨는 정재계 거물들이 모이는 살롱 비슷한 곳에서 잠깐 일했다. 그곳을 드나들던 사람 가운데 한 명이 아토 씨였다. 젊은 아토 씨는 예리한 면이 있어 손윗사람들조차 한 수 접고 들어가는 존재였다는 얘기였다.

"심술궂고 젠체해서 우리 가게에서는 다들 싫어하는 사람이잖아. 다른 손님들을 생각하면 더는 출입하지 못하게 하는 편이 좋을까, 몇 번이나 고민했는데……."

멀리서 오토바이가 달려가는 소리가 들렸다. 오후의 외과 병동은 고요했다.

"서로의 인생이 가장 빛나던 시기를 알고 있으니까. 아무리 해도 차갑게 대할 수가 없어. 그게 내가 나약해서라고 해도 어쩔 수가 없단 말이지."

"헤, 그랬군요."

서로의 인생이 가장 빛나던 시기를 알고 있다…… 병원에서 돌아오는 길에 잠시 나는 그 관계의 여운에 빠졌다. 그로부터 얼마 지나지 않은 밤, 아토 씨가 또 레이코 씨 이야기를 꺼냈다.

"난, 그 할멈이 좋아했던 남자도 잘 알고 있다네."

좀 두근거리며 "어떤 사람이었는데요?"라고 은근슬쩍 떠보자 한마디로 대답했다.

"포복절도할 남자였지."

아, 역시! 그런 사람과 연애를 해왔구나, 레이코 씨는. 그렇다 치더라도 포복절도할 남자라니, 참 멋지다.

이러니저러니 하는 사이 두 달이 지났다. 레이코 씨의 뼈는 잘 붙어 무사히 퇴원하게 됐다. 퇴원 절차를 도와주러 시미즈 씨가 간다고 했다. 그리고……. 문이 열리고 지팡이를 짚은 레이코 씨가 가게로 들어왔을 때, 나를 포함해 그 자리에 있던 모든 사람이 기뻐서 환성을 질렀다. 축하하는 소리가 어지러이 오가는 속에서 시미즈 씨가 작은 목소리로 속삭였다.

"마키를 깜짝 놀라게 하려고 아무 말도 하지 않고 레이코 씨를 데려왔지."

레이코 씨는 카운터 바깥쪽에 있는 의자에 앉았다. 그래도 가게 주인으로서의 품격이 느껴졌다. 나도 모르게 진심 어린 목소리로 중얼거렸다.

"아, 멋진 풍경!"

마침 두부 장수가 오는 날이라 유부를 몇 장 샀다.

"구워서 간장 찍어 먹어요."

"프라이팬에 구우면 돼."

"생강 갈아놓은 거 있으려나."

모두 한마디씩 거들었다. 레이코 씨가 '학교'로 돌아온 게 기뻐 왠지 모르게 흥분 상태였다. 나도 기운차게 소리쳤다.

"자, 유부 구우면 먹을 사람, 손!"

몇 명인가 손을 들었다. 그때 "저요!" 하고 힘찬 목소리가 들렸다. 보니 아토 씨가 싱글벙글한 얼굴로 손을 번쩍 추켜올리고 있다. 아토 씨도 순진무구하게 들뜨기도 하는구나. 처음으로 일그러지지 않은 웃는 표정을 봤다. 아토 씨가 레이코 씨의 퇴원을 얼마나 기뻐하고 있는지가 전해졌다. 그리고 이 순간을 맛보기 위해 모든 일이 있었음을 슬며시 깨달았다.

의과대학에서 소설가 야마다 후타로*와 동기였다는 안과 선생.

술에 취하면 독일어로 노래를 부른다.

「로렐라이」, 「겨울 나그네」……

"유럽에 가신 적 있어요?"

"끝내 못 갔어. 요시와라 유곽에는 세 번 갔는데 말이야."

매춘 금지법 실행(1958년) 이전에 공창가에 가본 사람을 처음 만났다.

레이코 씨가 퇴원한 뒤에도 나는 한 주의 가운데 '수요 마담' 일을 계속했다. 이미 일흔 줄 끝자락에 들어선 레이코 씨이기에 체력적으로 무리가 따랐다. "일주일에 하루만이라도 가게를 맡아주면 정말 큰 도움이 될 거야. 물론 네가 부담스럽지 않은 선에서 말이야."

레이코 씨의 요청을 나는 기꺼이 받아들였다. 사랑해 마지않는 레이코 씨의 부탁이기에 거절하지 못했다는 말은 허울 좋은 구실이었다. 실은 레이코 씨가 없는 사이 가게를 지킨 두 달 동안 알아버린 '특별한 재미'가 내 목덜미를 붙잡고 떨어지지 않았다. '학교'라는 비좁고 어두운, 술병과 라디오와 재떨이와 국어사전이 자연스레 놓인 공간에서 밤마다 펼쳐지는 작은 드라마. 정확히 말해 전혀 드라마틱하지 않은 드라마. 그렇지만 언제나 하룻밤 한정의 드라마. 나는 거기에서 눈을 뗄 수 없었다.

어느 날, '학교'에서 알게 된 사람이 얼마나 될까 손꼽아 세어본 적이 있다. 금세 쉰 명이 차서 세는 게 귀찮아져 그만뒀지만. 따라서 이 장에 나오는 사람들은 '학교' 관계자 가운데 극히 소수에 불과하다. "내 이야기를 마음대로 써버리다니"라는 소리와 "어째서 내가 나오지 않는 건데"라는 소리가 양쪽에서 들려오는 듯하다. 여러분, 부디 얼근히 술에 취하시곤 용서해주세요.

수요일의 남자,
이마이즈미 씨의
풍성한 수염

매주 수요일, 오후 여덟 시 반. '학교' 문을 조심스럽게 두드리는 소리가 난다.

"아, 이마이즈미 씨가 왔다!"

가게 안에 있는 손님들이 저마다 소리친다. '학교' 생활 40년의 최고 선임자 등장이다. 과연 문이 열리고 멋들어진 턱수염에 새하얀 스탠드칼라 셔츠를 입은 이마이즈미 씨가 들어온다.

"이마이즈미 씨, 어서 와요."

"왔군, 수요일의 남자."

다들 한마디씩 건네지만 이마이즈미 씨는 눈을 내리깐

채 입속말로 작게 대답한다.

"실례하겠습니다."

자리에 앉아서도 여전히 아래를 내려다보며 역시 들릴락 말락 미묘한 음량으로 중얼거린다.

"여러분, 하던 얘기들 계속하세요."

그다음은 기본적으로 고개를 숙이고는 주위의 이야기에 귀를 기울인다. 뭔가 말하고 싶을 때만 잠시 얼굴을 들지만 카운터 앞 나와 눈이 마주치면 허둥지둥 얼굴을 내린다. 지독한 부끄럼쟁이다.

이마이즈미 씨는 볼, 인중, 턱 등 얼굴의 반이 멋진 잿빛 수염으로 뒤덮여 있다. 수염이 턱 아래로 10센티미터쯤 풍성하게 늘어져 있는 반면 머리 쪽은 반들반들해서 본인 왈, "이건 만유인력의 법칙입니다." 단 그런 우스꽝스러운 말을 내뱉는 것은 꽤 취했을 때다. 평소에는 여하튼 고개를 푹 숙인 채 조용히 맥주를 들이켠다.

술 먹는 날은 오로지 수요일뿐. 단골 술집 두세 곳을 돌아다니며 마시는 모양이다.

"술을 좋아하진 않습니다만, 술을 마시면 조금이나마 말문이 트이고 사람과 대화를 나눌 수 있습니다. 그래서 주에 한 번은 마시지요."

입는 옷도 정해져 있다.

"가을이 와서 일단 긴소매 셔츠를 꺼내 입으면 더는 반소매 셔츠는 입지 않습니다."

가게에 들어오기 전에 문을 두드리는 것도 이마이즈미 씨의 규칙이다. 그 소리로 안에 있는 모든 사람이 '이마이즈미 씨'임을 알아채는 동시에 '수요일 여덟 시 반'이 됐음을 새삼 확인한다.

어느 밤, 기분 좋은 바람이 불길래 가게 문을 열어두었다. 문득 정신을 차리고 보니 이마이즈미 씨가 밖에 꼼짝하지 않고 서 있었다. 가게 앞까지 오기는 왔는데 노크할 문이 없으니 이를 어쩐다 싶어 생각에 잠긴 모습이었다. 카운터에 앉아 있던 손님들에게는 그 광경이 보이지 않았다. 나는 입가에 번지는 웃음을 눌러 참으며 잠시 그 장면을 즐겼다. 아아, 이마이즈미 씨, 너무 좋아요!

주문하는 술은 언제나 맥주로 주량은 두 병 또는 세 병. 좁은 카운터에 앉는 손님들은 마음이 내키면 자신의 맥주를 옆자리 사람의 잔에 따라줄 때가 있다. "자, 한 잔", "아이고, 고맙습니다…… 그럼, 이제 제 잔도 받으세요" 식으로. 하지만 이마이즈미 씨는 권커니 잣거니 마시는 것을 좋아하지 않는다. 단골손님은 죄다 아는 사실이라서 이마이즈미 씨의 잔에 남의 맥주가 채워지는 일은 없다.

이마이즈미 씨가 '학교'에서 가장 많이 입에 올리는 문구는 "어서, 하던 얘기들 계속하세요"다. 다른 손님이 무언가 이야기할 때는 절대로 끼어들지 않는다. 이따금 말소리가 끊어지는 순간을 엿봐서 그때까지 떠들어댄 화제와 관련된 의견을 한두 마디 나직이 보탤 뿐이다. 물론 고개를 숙인 채로. 주변에서 "응응, 그래서?" 같은 추임새를 넣으면 이내 입을 꾹 다문다. 그리고 당황하며 웅얼거린다.

"어서, 하던 얘기들 계속하세요. 제 얘기는 됐으니까요."

그런 까닭으로 이마이즈미 씨의 개인사는 좀처럼 들을 수 없다. 나에 대한 낯가림도 있었다고 생각한다. 손님 대부분이 나를 '마키' 또는 '마키 군'이라고 불렀건만 이마이즈미 씨는 2년이 지나도 3년이 지나도 굳건히 '가나이 씨'를 고집했다. 그러던 어느 날 밤, 슬그머니 '마키 씨'로 바뀌었다. 나도 슬그머니 받아들였다. 그리고 호칭의 승격 따윈 전혀 알아채지 못했다는 듯이 냉장고에서 새 맥주를 꺼내 들고 병따개를 찾았다.

나는 혈기 왕성한 인간임에도 손님과 싸운 적은 두 번밖에 없다.

"이런 가게, 내 다신 오나 봐라!"

손님에게 막말을 들은 날, 현장에 있던 사람은 이마이즈미 씨였다. '학교'의 수요일을 맡게 된 지 1년째 되는 겨울밤. 손님은 이마이즈미 씨와 와타누키 씨 두 사람뿐이었다.

손님이 적은 날이면 이마이즈미 씨는 평소보다 아주 조금 말이 많아진다. 와타누키 씨는 대학에서 영화를 가르치는 교수. 영화광인 이마이즈미 씨와 둘이 모이면 당연히 영화 이야기로 흐른다.

영화 잡지 『키네마준보』 90주년 기념호에서 '역대 최고의 영화'로 「대부」가 선정된 일을 두고 이마이즈미 씨가 "나는 이해가 안 가요"라고 단언하자 와타누키 씨는 '히히' 특유의 웃음소리를 내며 이마이즈미 씨의 완고함을 즐긴다. 와타누키 씨도 보통은 다소곳이 술을 마시는 유형이지만, 이마이즈미 씨와 둘만 있으니 어쩐지 생기발랄하다.

"그런데요, 이마이즈미 씨. 그 영화는 첫머리부터 굉장하다고요. 히히."

곧이어 「대부」의 첫머리 장면을 즉흥으로 재현까지 한다. 나와 이마이즈미 씨는 와타누키 씨의 이야기에 귀를 기울이며 각자 머릿속에서 돈 코를레오네의 등장을 생생히 떠올린다. 아아, 오늘 저녁도 즐거운 시간으로 흘러간다.

그때 한 명의 손님이 불쑥 찾아왔다. 예전에 고교 교사였다는 그 사람이 가게에 온 것은 두 번째로 그날은 몹시 취한 상태였다. 무언가 불쾌한 일이 있었는지 어쨌는지, 술집과는 영 어울리지 않는 꼰대 교사의 나쁜 기운이 마구 뿜어져 나왔다. 즉 뻐긴다, 따진다, 꾸짖는다. 가게 안에 돌연

먹구름이 들어찼다. 이마이즈미 씨와 와타누키 씨는 그 모습을 못 본 척하며 작은 목소리로 영화 이야기를 계속했다.

그러자 아니나 다를까 전직 교사는 두 사람의 영화 수다에 시비를 걸기 시작했다. 그 감독은 형편없다는 둥 연출이 잘못됐다는 둥. 이마이즈미 씨는 여느 때의 과묵한 이마이즈미 씨로 어느새 돌아가 고개를 푹 숙인 채 내내 그 남자의 젠체하는 연설을 들었다.

"야, 이놈아, 이마이즈미 씨가 잠자코 듣고 있다고 너무 건방 떨지 마!"

이런, 건방을 떨어버린 것은 나였다. 위세 좋게 날카로운 말을 서슴없이 퍼부었다(그럴 작정이었건만 손님한테 싸움을 거는 게 처음이었기에 아마 목소리는 어중간하게 높았으리라).

"지금 좋은지 나쁜지, 이야기를 하고 있잖아요. 옳은지 그른지는 상관없다고요!"

그 순간 이마이즈미 씨가 눈을 홱 치켜떴다. 나와 눈이 마주쳤다. 평소와는 달리 그대로 시선을 피하지 않고 힘차게 고개를 끄덕였다.

"그렇고말고!"

아, 이마이즈미 씨도 나와 같구나. '옳으냐 그르냐'가 아니라 '좋으냐 싫으냐'를 따지며 살아가고픈 사람이구나. 나는 절실히 깨달았다. 그때 전직 교사가 자리를 박차고 일어나서 말했다.

"이런 가게, 내 다신 오나 봐라!"

3년아 지나고 4년이 지나면서 조금씩 이마이즈미 씨와의 거리는 줄어들었다. 아주 가끔이기는 해도 자신의 인생 조각들을 들려주기도 했다. 신슈[1]의 이다 근처 작은 마을에서 태어났다. 소년 시절, 길에 떨어진 구리철사를 주웠더니 갑자기 몸이 찌르르 저렸다. 떨어져 있던 것이 아니라 전선이 늘어져 있던 게다.

"제 인생에서 가장 죽음과 가까웠던 순간이었지요."

멋들어진 수염은 정년까지 근무한 출판사를 그만두고 나서부터 기르기 시작했다.

"수염 한 가닥 한 가닥 모두 개성이 있습니다. 빨리 자라는 놈하고 늦게 자라는 놈."

곧잘 혼자 여행을 간다. 유적이나 온천을 둘러보고 오는 모양이다.

"근데 난 비행기를 못 타요. 외국에 나갈 생각도 없고요. 대신 영화를 본답니다."

어느 밤, 기쿠스이노준마이[2] 한됫병을 들고 온 손님이 있었다. 다들 기뻐하며 서로의 잔에 술을 따르기 바빴다. 단

---

1 나가노현의 옛 이름.
2 니가타현 시바타에 있는 기쿠스이주조에서 만든 청주.

한 사람 이마이즈미 씨만이 조그만 목소리로 거부했다.

"앗, 시바타의 술이군요. 시바타 번은 보신전쟁[1] 때 나가오카 번을 배신했…… 그래서 저는…… 시바타의 술은……."

하지만 결국 이마이즈미 씨의 잔에도 술이 찰랑찰랑 채워졌고 체념하며 입을 댔다.

"아, 마시고 말았습……."

눈을 지그시 감고는 술맛과 자신의 칠칠치 못함을 마음속에 새기는 그 풍치란! 이마이즈미 씨는 구름을 좋아한다. "저는 옛날에 구름 일기를 썼는데요"라는 말을 꺼낸 적이 있다. 말없이 들었으면 좋았을 것을 호기심을 참지 못한 나는 "네? 구름 일기요?"라고 반응해버렸다. 그러자 이마이즈미 씨는 "아니, 별로, 그리 대단한 이야기는 아니에요"라며 입을 다물었다. 그럼 이쪽도 그 이상 물어볼 수 없다. 아까운 짓을 하고 말았다.

"근데 저는 지진운이란 건 인정하지 않아요. 지진이 일어나기 전에 반드시 같은 모양의 구름이 나타난다니, 그런 일

---

1 1868년 메이지유신으로 수립된 신정부와 에도막부 세력이 1869년까지 벌인 내전. 신정부가 승리함으로써 일본은 봉건사회에서 근대사회로 전환됐다.
2 기원전 3세기에서 기원후 3세기까지의 일본 청동기 문화를 '야요이시대', 이 시대의 사람을 '야요이인'이라 칭한다. 선사시대부터의 토착민 '조몬인'과 달리 한반도로부터 농경 기술을 가지고 건너왔다고 알려져 있다.

윙크가 서툰 사람은
야요이인[2]의 피를 이어받았다고 한다.
안면신경 배치의 문제인 것 같다.

"그것보다 말이야.
매주 수요일 여덟 시 반이면
어김없이 찾아오는 행동이야말로
진짜 야요이인답지 않아?"

"……"

이 가능할까요? …… 하지만 '메기가 날뛰면 지진이 일어난다'는 말은 부정하지 않습니다."

이마이즈미 씨는 질질 시간을 끌며 마냥 술을 마시지 않는다. 아무리 흥이 올라도 끽해야 맥주 세 병이 끝이고, 최후의 맥주를 시킬 때면 늘 "라스트오더, 부탁합니다"라고 말한다. 보통 라스트오더란 가게 쪽 사람이 말하는 단어 아닌가 싶지만, 이것도 판에 박은 양 매주 되풀이되는 이마이즈미어다.

그리고 술값이 2천 엔대가 나올 경우(대부분 2천 엔대), 이마이즈미 씨는 뒷주머니 속 지갑에서 1천 엔짜리 두 장을 끄집어내며 반드시 흥얼거린다.

"기원은 2천……."

그러고는 눈을 내리깔며 쑥스러운 듯이 웃는다. 「기원은 2천6백 년」이라는 노래를 어린 시절에 자주 불렀나 보다. 나도 이마이즈미 씨의 술값을 계산할 때면 장단을 맞춘다.

"기원은 2천…… 9백 엔, 잘 받았습니다."

매주 수요일, 이마이즈미 씨의 '학교' 의식은 그렇게 막을 내린다. 안녕히 주무세요. 다음 주 여덟 시 반에 또 만나요.

달에 한 번꼴로 우에다 씨는 지팡이에 기대어 천천히 천천히 찾아온다. 나이는 얼추 70대 후반. 때때로 심하게 목이 쉬어 있어 "감기 걸리셨어요?"라고 물으면 "약의 부작용이라네"라고 대답한다. 양손에 투명한 비닐장갑을 낀 채 맥주잔을 드는 날도 있다. 손바닥에 연고가 처덕처덕 발라져 있는 건지, 복용하는 약 때문에 손가락에서 피가 나는 건지 자세히 묻지는 않았다.

즉 병을 앓고 있다. 그것도 진행되는 병. 그래도 우에다 씨는 전혀 원망하는 마음도 부끄러워하는 기색도 없다. 천성이 다정하고 즐거운 사람이다. 가게에 들어올 때는 불안

한 발걸음이지만, 일단 스툴에 앉아 방실방실 술을 마시기 시작하면 온몸에서 당당한 신사의 품격이 느껴진다.

옷은 감색 기모노 아니면 빳빳이 다린 와이셔츠에 양복 둘 중 하나다. 기모노를 입을 때면 거기에 맞춰 작은 두루주머니를 맵시 있게 들고, 양복을 입을 때면 가슴 주머니에 손수건을 살짝 보이게 꽂는다. 타고난 곱슬곱슬 머리를 언제나 깔끔하게 빗어 넘긴다. 그 머리를 볼 적마다 외출 전에 거울을 보며 몸치장하는 우에다 씨의 모습이 떠오른다. 주오선의 서쪽에서 '좋아, 오늘 밤은 신주쿠까지 마시러 나갈 테다'라며 기합을 넣고는 아마 사랑하는 아내의 도움을 받아가며 신나게 멋을 낸 뒤 집을 나오리라.

우에다 씨는 어떤 사람, 어떤 화제라도 상냥한 얼굴로 받아들인다. 한꺼번에 여러 명의 손님이 주문하는 바람에 내가 우왕좌왕 헤매고 있으면 "찬찬히 하면 돼"라는 말을 건네는 사람도 그다.

어느 밤, 젊은(젊다고는 해도 50대) 광고맨 기타니 씨가 힘차게 천황제 비판을 펼치고 있었다. 태평양전쟁 책을 읽은 직후였는지, 열정적으로 전쟁 반대를 부르짖으며 천황에게 전쟁의 책임이 없다는 것은 이상하다고 호소했다. 마침내 비난의 화살이 품절된 그 전쟁 책을 중쇄하지 않는 대형 출판사에까지 향했다.

"네, 전쟁을 경험한 우에다 씨라면 알겠죠? 모두 '천황 폐하 만세'를 외치면서 죽어갔는데, 천황 폐하는 조금도 책망받지 않는다니 정말 이상해요. 그렇죠?"

술에 취해 한층 더 뜨거워진 기타니 씨에게 붙잡힌 우에다 씨는 온화한 표정을 유지하며 잠시 말상대를 해줬다.

"네, 우에다 씨도 천황제를 반대하시죠?"

기타니 씨는 끝까지 찬성인지 반대인지 물고 늘어졌다. 그 밤, '학교'에는 전쟁 전 출생자가 우에다 씨밖에 없었다. 왠지 모르게 다들 입을 다물고 그의 의견을 기다렸다. 우에다 씨는 웃으며 장난기 어린 목소리로 말했다.

"응. 그래도 나는 미치코 왕비[1]의 팬이라서."

결국 그게 결론 비슷한 것이 돼버렸다. 기타니 씨는 이해는 안 가지만 어쩔 수 없다는 표정으로 여섯 잔째의 소주를 들이켠 뒤 집으로 돌아갔다.

우에다 씨는 어린 시절에 만주에 있는 학교에 다녔다. 일본이 패전했을 때는 중학생으로 가족과 함께 대륙에서 일본으로 돌아왔다. 아직 어린 남동생과 여동생이 있었기에 곧바로 일하지 않을 수 없었는지, 이케부쿠로의 암시장을 드나들거나 쓰키지의 어시장에서 창고지기를 하거나 고비

---

[1] 평민 출신으로 1959년 당시 황태자였던 아키히토와 결혼해 화제를 모았다.

키초의 설탕 도매상에서 수습 점원으로 일했다.

그 시대의 일을 우에다 씨는 절대로 고생담인 양 늘어놓지 않는다. 창고에 눌러살던 길고양이와 친해져서 늘 함께 잠을 잤다는 둥 심부름을 하러 오다와라까지 자전거를 타고 가봤다는 둥 모든 일화에 밝은 햇빛이 비친다. 나는 언제나 쇼와 20년대[1]의 흙먼지 흩날리는 도쿄 골목을 무대로 마음씨 착한 소년이 고군분투하는 흑백영화를 보는 기분으로 이야기를 듣는다. 우에다 씨는 이야기가 끝나면 쑥스럽다는 듯이 웃으며 말한다.

"자네는 내 재미없는 옛날이야기를 열심히도 듣는군."

재미없지 않아요, 구태여 이렇게 말하는 것도 촌스러우니 이쪽도 열없이 웃는다. 어른이 된 우에다 씨는 영화 간판 그리는 일을 잠깐 한 뒤 쭉 디자이너로서 살아온 모양인데, 인생에서 가장 오래 해온 일에 대해서는 거의 듣지 못했다. 화제로 삼는 것은 늘 여러 직업을 전전하던 10대 무렵의 추억이었다.

딱 한 번 가게에서 신주쿠역까지 함께 걸어간 적이 있다. 레이코 씨가 마담을 하는 날(즉 수요일 이외의 날) 밤에 우연히 돌아가는 시간대가 겹쳤다. 레이코 씨 왈, "그럼, 마키,

---

[1] 1945년부터 1954년까지를 가리킨다.

우에다 씨를 부탁해." 지팡이를 짚고서도 느리게밖에 걷지 못하는 우에다 씨를 역까지 안전하게 배웅해주라는 의미였다. 하지만 우에다 씨는 뼛속까지 신사였다. 당연히 자신이 에스코트하는 쪽이라고 여겼다. 그래서 나는 한껏 숙녀 기분이 돼서 우에다 씨의 보호를 받으며 역까지 가는 길을 걸었다. 천천히 천천히.

우에다 씨를 떠올릴 때면 카운터 안에 있는 사람을 "누님"이라고 부르던 말투가 그립다. 레이코 씨든 나든 똑같았다. 나는 마흔 살이나 나이 많은 사람한테 "누님" 하고 불리는 상황을 남몰래 즐겼다. 쇼와 20년대부터 술을 마셨다는 우에다 씨는 도대체 몇 명의 술집 마담을 누님이라고 불러왔을까.

돈 노조미는
박력과 은근한 멋이
배어난다

우에다 씨가 '누님'이라면 돈 노조미는 '여주인님'이다. 카운터 너머로 술을 주문할 때, 노조미는 상대가 레이코 씨든 나든 낮은 목소리로 "여주인님"이라고 부른다. 하지만 '학교'에서 한 발짝만 밖으로 나가면 "마키"라고 불러준다. 그 대신 'M'에 가면 그곳 마담인 준 씨를, 'G'에 가면 그곳 마담인 에코 씨를 '여주인님'이라고 부른다. 그 정확한 말의 쓰임이 정말이지 언어로 먹고사는 돈 노조미답다.

처음에 돈 노조미가 가게에 들고 온 것은 칼바도스였다.

"이거, 칼바도스. 사과주지."

가게에 들어오자마자 느닷없이 술병을 내 쪽으로 쑥 내

밀었다. 라벨에 적힌 글자는 프랑스어로 보였다. 읽지는 못해도 찬찬히 살펴보고 있는데, 이번에는 가방 안에서 선화지로 만든 헌책을 끄집어냈다. 레마르크가 쓴 『개선문』이었다. 돈 노조미가 두꺼운 손가락으로 책장을 한 장 한 장 넘겼다.

"이봐, 여기를 보라고."

"한 잔 더 들겠어요?"

여인이 고개를 끄덕인다.

그가 웨이터에게 눈짓을 보낸다.

(중략)

"칼바도스 두 잔 더. 큰 유리잔으로."

웨이터가 칼바도스를 가져온다. 라비크는 스며들 듯한 깊은 향의 사과 브랜디를 조심스럽게 들어 여인 앞에 놓는다.

"이것도 마셔봐요. 별 도움은 안 되겠지만 잠들 순 있을 거요. …… 언제까지나 마음이 괴로운 일 따윈 이 세상에는 없다오."

이노우에 이사무 옮김, 일부 생략

"정말 칼바도스가 나오네요."

"응, 이 책, 빌려줄게."

옛날 한자에 옛날 표기법을 따르고 있는 데다 상권과 하권 두 권이나 됐다.

"저기, 근데 빌려줘도 금방 못 읽을 텐데……."

"괜찮아, 빨리 돌려주지 않아도. 버리지 않고 갖고 있기만 해주면."

그렇게 말하며 빙긋 웃었다. 돈 노조미는 프랑스어의 달인이다. 이렇게 말하면 본인은 아마 입가에 미소를 머금은 채 되받아치리라.

"그 전에 일본어의 달인이라고 말해주면 좋겠는데."

직업은 일본어 교사. 프랑스어권에서 일본으로 건너오는 비즈니스맨에게 일본어를 가르치는 것이 주된 일이다. 풍성한 머리칼은 목에 닿을 만큼 길고 포동포동한 뺨은 야성적인 수염이 뒤덮고 있다. 눈빛은 짙고 눈꼬리에는 주름이 깊게 잡혔고 목소리는 차분한 저음. 웃을 때는 호탕하게 주변을 끌어들이거나 아니면 특정 상대만 알 수 있도록 아무 말없이 히죽하거나 둘 중 하나다. 그 풍모, 행동거지 그리고 가슴팍과 배 주변의 근육이 어쩐지 마피아 돈 코를레오네 같다.

젊었을 적에는 파리에 살았고 일본에 돌아와서는 그 어학력을 무기 삼아 월급쟁이가 되지 않고도 가족을 부양했다. 그 탓인지 어딘가 일본인과는 거리가 먼 거침없는 분위기를 풍긴다. 한편으로는 수백 년 이어온 도예가 집안의 혈통이라거나 일요일에는 교회에 가는 습관이 있다거나 교육을 잘 받고 자란 느낌이 있다. 그래서 다들 안심하고 그에게 응석을 부린다.

칼바도스를 시작으로 돈 노조미는 가게에 갖가지 선물을 들고 왔다. 바게트와 치즈, 프랑스 화장품(가르치는 학생이 다니는 회사의 제품), 수금굴[1] 책자 등등. 가져오는 것은 물건뿐만이 아니라 반드시 언어학이나 역사나 비교문화의 깊은 지식까지 따라왔다. 돈 노조미가 찾아오면 '학교'의 '학력수준'이 쑥 올라갔다. 마치 열심히 공부에 매진하는 학생처럼 나는 돈 노조미가 펼쳐놓는 세계의 단편, 복잡한 지식의 진수를 공책에 적어갔다.

돈 노조미다운 기운이 한층 두드러지는 순간은 이따금 가족을 데리고 오는 밤. 돈 노조미의 뒤로 두 명의 아들이 저마다 연인과 함께 가게에 들어왔을 때는 아름다운 젊은이의 열기로 가게 안 공기가 확 바뀌었더랬다. 평소에는 프랑스에서 머무는 딸도 일본에 돌아오면 어김없이 '학교'에 얼굴을 내밀었다. 단골 술집에 아이를 데리고 오는 아버지의 명랑한 위엄이란. "아무거나 좋아하는 거 시켜"라고 그

---

[1] 일본 정원 기법의 하나로 동굴 속 물방울 떨어지는 소리를 재현하는 장치.

가 말하면 부끄러워하면서도 아버지와 같은 술을 주문하는 자식들. 대부가 통솔하는 일가는 예의 바르고 너글너글해서 늘 눈부시다.

가족만이 아니라 종종 가르치는 학생도 데리고 왔다. 프랑스인, 스위스인, 스웨덴인……. 물론 돈 노조미한테 배우고 있는 만큼 일본어를 술술 쏟아냈다. 외자계 기업의 간부도 있었고 세계 각지에 별장을 세 채나 가진 실업가도 있었다. 다들 어두침침하고 비좁은 술집에서 소주 오유와리[1]를 마시는 분위기를 기꺼이 즐겼다.

'학교'의 손님 가운데는 돈 노조미 말고도 외국어를 잘하는 사람, 해외에서 일하는 사람이 몇 명인가 있었다. 돈 노조미가 제자를 데리고 오는 밤이면 그날따라 왜 그런지 해외 사정에 훤한 사람이 모여들었다. 술집의 자기력이 신기할 따름이다.

"일본어랑 한국어는 말이야, 의성어랑 의태어가 많아", "사우디아라비아 사람은 돼지고길 안 먹잖아? 근데 비늘 없는 물고기도 못 먹는다네", "인도에선 어느 술집이든 반드시 땅콩 카레 볶음이 있다니까" 등등. 이런 대화를 등 뒤로 들으면서 나는 부글부글 끓어오른 주전자의 뜨거운 물

---

1 일본에서 술을 희석해서 마시는 방법 중 하나로 따뜻한 물을 섞은 것.

을 보온병에 가득 따른다. 아아, 세계는 멀리 있지 않구나. 지금 여기에 있구나.

"다들 굉장하네. 난…… 일본어도 제대로 못 하는데."

지독히도 말주변이 없는 덥수룩 씨가 중얼거리자 돈 노조미가 히쭉 웃고는 말한다.

"당신한테는 못 당하지. 어찌 됐든 언어를 쓰지 않고도 이야기를 나누는 달인이니까."

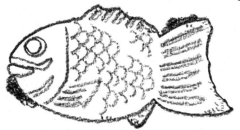

돈 노조미가 사 온 어느 날의 간식.
'자연산 붕어빵!'
기계로 대량 생산하는 붕어빵은
양식 붕어빵이라고.

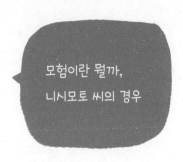

　5년이나 마담을 계속하다 보면 점점 바뀌어가는 손님의
형편이 보인다. 손자가 태어나거나 아내가 죽거나 정년이 되
거나. 처음 만났을 무렵, 니시모토 씨는 샐러리맨이었다. 보
험인지 금융인지 견실한 직장을 다녔으며 수수한 양복에
헤어크림으로 곱게 매만진 머리를 하고 있었다. 말을 할 때
꼭 '나'를 붙였다.

　혼고에 위치한 회사에 다니기에 우에노역에서 25분 걸려
걸어가는 것이 일과였다. 겨울에서 봄으로, 봄에서 여름으
로, 여름에서 가을로, 시노바즈 연못의 물새와 연꽃이 매일
조금씩 변해가는 모습을 바라보며 빠른 걸음으로 걷는 것

을 좋아했다. 그렇게 착실하게 하루하루를 쌓아 올리며 가족을 부양한 끝에 정년을 맞았다. 마지막으로 출근하는 날도 분명 시노바즈 연못 근처를 종종걸음으로 지나갔으리라.

회사를 그만두고 나서 얼마간은 가게에 나타나지 않았다. 몇십 년을 속해 있던 장소에서 벗어난 남자가 느끼는 감정은 알지 못한다. 초여름이었다. 니시모토 씨가 다른 손님이 없는 이른 시간에 가게에 들렀다.

"어이, 오래만이야."

양복 차림은 아니었지만 수수한 셔츠와 바지를 입은 그의 머리는 샐러리맨 시절과 변함이 없었다. 다만 들어오자마자 어쩐지 전과는 다른 분위기를 풍겼다. 선반에서 '니시모토'가 적힌 소주병을 찾으면서 물었다.

"잘 지내셨어요?"

"저기 말이야, 나, 모험하고 왔어."

정년퇴직한 니시모토 씨는 처음으로 혼자 국제선을 타고 파리에 가서 기차로 갈아탄 후 리옹을 찾아가 3주간 홈스테이를 하고 왔단다. 프랑스어를 몰라서 곤란에 처했던 일, 뜻밖의 전개가 펼쳐졌던 일 등 여행 중 겪은 유쾌한 일화를 한바탕 들려줬다.

하이라이트는 "리옹 근처에 지인이 살고 있으니 만나러 가봐"라며 소개받은 사람을 찾아가는 대목. 알려준 번호로 전화를 걸긴 했는데 상대방이 뭐라고 하는지 알아들을 수 없어서 이쯤 되겠지 싶은 거리를 몇 번이나 왔다 갔다 하며 사람들에게 떠듬떠듬 묻고 또 묻느라 진땀을 뺀 끝에 겨우 만났다는 얘기였다. 수수한 일본의 아저씨가 이국의 마을에서 어찌할 바를 몰라 쩔쩔매는 모습이 떠올라서 마지막에 "후, 나, 가슴을 쓸어내렸다니까"라는 말에 나까지 '휴' 하고 안도의 한숨을 내쉬었다.

그것을 '모험'이라고 부르는 니시모토 씨의 기분이 이해가 됐다. 남들이 들으면 그저 그런 일일 뿐일지도 모른다. 누구든 하겠다고 마음먹으면 할 수 있을지도 모른다. 하지만 그것을 실제로 했을 때 얼마나 두근두근했는지는 본인밖에 알지 못한다. 예순 살 넘어 처음으로 맛본 두근거림을 빠져나온 니시모토 씨의 얼굴은 빛나고 있었다. 그리고 이런 이야기를 내가 좋아하리라고 예상해 되도록 일대일로 말할 수 있는 시기를 엿봐서 가게에 와준 것이 기뻤다.

두 번째는 겨울의 끝자락이었던가. 역시 이때도 개점 직후 가게가 텅텅 빈 시간대에 홀로 찾아왔다.

"마키, 나, 말이야. 이번엔 브라질에 갔다 오겠습니다!"

"예? 브라질! 뭐야, 뭐야? 자세히 말해봐요."

중학교 동급생 가운데 브라질로 건너간 친구가 있단다. 니시모토 씨는 이민 사업의 마지막 세대였다. 반 전원이 환갑을 맞이한 올해 동창회에 그 친구가 브라질에서 날아와 참가했다고.

"그에게 '니시모토, 브라질에 한번 놀러와'란 말을 들었는데 말이지. 나, 그럴 마음이 생겨버렸어."

모처럼 오는 만큼 카니발 열릴 즈음 오라고 해서 다른 동급생과 둘이서 갈 계획을 세우던 참에 그만 같이 갈 친구가 병에 걸리고 말았단다.

"처음엔 나도 '그럼 이번엔 그냥 넘겨야겠다. 내년에 우리 같이 가자'라고 말했는데. 그 녀석이 말이지. '우리 나이가 되면 다음번이란 생각을 하면 안 돼. 내년엔 네가 아플지도 모르고 가족 중에 누가 아플지도 모르잖아. 갈 수 있을 때 가지 않으면 아예 못 가게 된다고. 개의치 말고 너라도 다녀와'라고 해서. 그 말을 들으니 그럴지도 모른단 생각이 들잖아. 나 홀로 조금 무섭긴 해도 가보자 싶어."

아무렴, 그렇고말고. 갈 수 있을 때 가야 한다. 인생에 주어진 시간은 참으로 짧다. 나는 힘차게 고개를 끄덕였다.

"니시모토 씨, 혼자 리옹도 갔다 왔으니 괜찮을 거예요."

"그래. 그 일을 생각하니 나, 또 하나의 모험을 해볼까 싶더라고."

그러고는 브라질 이민의 역사, 선주민의 풍습, 경제발전 상황 등을 이야기했다. "전부 책에서 얻은 지식일 뿐이지만"이라고 말하면서. 갈 곳에 대해 미리 정성껏 조사해두는 것이 정말이지 성실한 니시모토 씨다웠다.

"브라질에서 돌아오면 여행 이야기를 들려주세요."

그날 밤 그렇게 말하며 배웅했다. 하지만 그 후 니시모토 씨를 만나도 브라질 이야기를 차분히 들을 기회를 얻지 못한 채 지금에 이르렀다. 필시 다른 손님 앞에서 여행을 자랑하듯 이야기를 늘어놓고 싶지 않았으리라. 그리고 나도 여행 이야기를 듣고 싶은 게 아니라 여행을 떠나는 용기의 바람을 느끼고 싶었을 뿐이기에 그거면 됐다고 생각했다.

그 밤, 가게에는 도편수 씨와 고바야시 씨가 있었다.

도편수 씨는 60대의 건축가. '학교'를 골든가이로 옮길 적에 가게 도면을 그렸단다. 목수는 아니지만 건축 방면의 지도자라는 뜻에서 가게에서는 '도편수'라고 불렸다. 전화를 걸어서는 "저기, 도편수입니다만"이라고 먼저 이름을 댄 뒤 멋쩍은 듯이 "으흐흐"를 덧붙인다. 눈매가 부드럽고 술을 입에 털어 넣을 때 앞머리가 사르르 이마를 스친다. 도편수라는 용감하고 굳센 별명치고는 섬세하며 멋스럽고 응석꾸러기다. 매년 레이코 씨의 생일에는 장미 다발을 품에 안고 온다. 그런 모습이 그럴싸해 보이는 사람이다.

"레이코 씨에게 무슨 일이 생기면 내가 책임질게."

넉살 좋게 이런 말을 던지기도 한다. 그러면 레이코 씨는 냉정하게 되받아친다.

"무슨 소리야? 당신, 빛 좋은 개살구잖아?"

하지만 보아하니 레이코 씨는 상남자보다는 저런 호색꾼 타입을 좋아하는 것 같다.

한편 고바야시 씨는 50대 중반으로 광고 일을 하고 있다. 샐러리맨이라서 항상 양복을 입는데, 윗도리가 더블브레스트이거나 큼지막한 반지를 끼거나 콧수염을 기르거나 한 것이 직장인 가운데서도 유연한 부류라는 느낌이다. 손윗사람이든 여성 손님이든 주눅 들지 않고 농담을 던지며 가는 눈을 더욱더 가늘게 뜨고 '헤헤' 웃어 보이는 태도에서 '아, 이 사람은 술집에 익숙하구나'라는 걸 알 수 있다.

"요전에 아내랑 외출했을 때 말이야" 같은 이야기를 경쾌하게 풀어놓다가 "뭐, 그래도 내 인생의 결론은 결혼 따윈 하는 게 아니라는 거야"라고 마무리해서 듣는 사람을 어리둥절하게 만든다. 그 쑥스러워하는 모습이 과연 도쿄 토박이답다.

그날 고바야시 씨와 도편수 씨는 잘 다루지 못하는 휴대전화의 실패담을 서로 펼쳐놓고 있었다.

"애초 휴대전화 따윈 필요 없다고!"

"바로 얼마 전까지만 해도 없어도 아무렇지 않았으니까."

"오히려 편리해서 불편해지는 놈이지."

"맞는 말이야."

둘이서 즐겁게 술을 마셔댔다. 그러다 "마키, 담배, 있어?"라고 고바야시 씨가 물었다.

"아, 안 갖다 놨는데. 편의점 가서 사 올게요. 마침 세제도 떨어져서 사러 가고 싶었거든요. 그럼 둘이서 가게 좀 보고 있어요."

"알았어. 싫은 녀석이 오면 쫓아버릴게."

둘을 남겨두고 앞치마를 한 채 근처 편의점으로 심부름을 하러 갔다. 골목길 어두운 곳에 화장을 하고 가발을 쓴 남자가 의자를 꺼내놓고 앉아 있다가 굵은 목소리로 "안녕하세요"라고 인사를 했다. 그 사람은 쇼와시대부터 쭉 저 자리에 앉아 있던 양 밤의 골목에 녹아들어 있다.

5분쯤 지나서 가게에 돌아오니 둘 다 입을 다문 채였다. 그저 말없이 술을 마시는 게 아니라 확실히 직전까지 이야기를 나누다가 갑자기 딱 멈춘 듯한 분위기였다. 뭘 이야기하고 있던 거지, 생각하면서도 물어보기가 뭣해서 잠자코 사 온 세제를 설거지대 옆에 두었다. 그러고는 수도꼭지를 틀어 손을 씻는 둥 물방울 튄 곳을 행주로 닦는 둥 시간을 때우고 있자니 드디어 고바야시 씨가 입을 열었다.

"있잖아, 마키. 만약, 그러니까 만약의 이야기인데."

"?"

"만약 레이코 씨가 '학교'의 마담을 이어받아 해달라고 하면 어떻게 할 거야?"

도편수 씨가 당황하며 고바야시 씨의 말을 막았다.

"아, 잠깐, 잠깐! 왜 그렇게 단도직입적으로 물어?"

"뭐야, 도편수 네가 꺼낸 말이잖아?"

"이런 일은 좀 더 상황을 봐가면서."

"상황을 본다고 해도 마찬가지잖아. 어차피 물을 거니까."

내 대답은 듣지도 않고 둘은 속닥속닥 말씨름을 벌였다. 섬세한 도편수 씨의 상냥한 당황함도 고바야시 씨의 일부러 대범한 척하는 말투도 두 사람다웠다. 그 말싸움을 반찬 삼아 밥이라도 먹을 수 있을 것 같았다. 그래도 가만히 웃고만 있을 수는 없으니 "그 문제 말이죠"라며 입을 뗐다. 두 사람은 말을 삼키며 내 얼굴빛을 살폈다.

"그때가 되면 생각할게요."

그것이 정직한 대답이었다. 레이코 씨의 나이를 생각하면 이대로 몇십 년이나 '학교'가 계속될 리 없을 터. 그건 본인도 주위 사람도 마음속 어딘가에서 각오하고 있었다. 몇몇 단골손님은 나의 등장에 "좋았어, 좋았어. 학교의 계승자가 생겼어"라며 대놓고 기뻐하기도 했다. 그런 말을 들으면 솔직히 무척 기뻤다. 1대가 신페이 씨, 2대가 레이코 씨 그리고 내가 3대가 된다면 아아, 얼마나 재미있을까.

하지만 현실적으로는 아무리 좋아하는 '학교'라도 본업이 아니다, 그렇긴 해도 '학교'가 없어지면 내가 제일 곤란하다…… 이 문제는 아무리 고민해도 대답이 안 나왔다. 언젠가 레이코 씨가 마담을 그만둘 때 생각하자. 일단 그렇게 정하고 뒤로 미뤄두기로 했다.

단골 술집을 바꾸는 것도 귀찮은데,
정당을 몇 번이나 바꾼
정치가 오자와 이치로는 훌륭하도다.

3장
옛날 남자들

매주 수요일은 카운터 안에서 '대리 교사'로 근무하기 위해 출근한다. 그리고 되도록 수요일 이외의 어느 하루는 레이코 씨를 만나려고 '학생'으로서 등교한다. 30대 후반의 5년 동안 그런 '학교생활'을 보냈다.

레이코 씨와 단둘이 보내는 밤, 나는 자주 옛날이야기를 해달라고 조른다. "마키, 맥주 괜찮지?"라면서 레이코 씨는 잇따라 차가워진 큰 맥주병을 꺼낸다. 두 병, 세 병, 네 병……. 수요일이 아닌데도 레이코 씨는 손님인 나한테서 돈을 받으려 하지 않는다. 금세 "이건, 내 몫"이라고 말한다. 그러고는 마디가 살짝 굽은 긴 손가락을 우아하게 맥주잔에 대며 지나간 날들을 이야기한다. 어스레하고 비좁은 가게 안에 신페이 씨를 비롯한 '옛날 남자들'이 어느새 보글보글 모습을 드러낸다.

레이코 씨의 옛날이야기가 맥주로 느슨해진 뇌의 가장자리를 어루만지고 그대로 사라지는 것이 못내 아쉬워 세 차례 정도 녹음기를 켜둔 적이 있다. 하지만 이야기가 길어지면 서로 취기에 가속도가 붙었고, 특히 내 쪽이 먼저 취해버리는 통에 여태까지 한 번도 솜씨 좋게 인터뷰를 마무리하지 못했다.

둘 다 멀쩡했을 때 또 레이코 씨가 여러 가지 일을 더 많이 명료하게 기억할 때, 녹음을 해뒀어야 했다고 후회하는 마음도 있다. 사건 순서나 인물 상관도에 의문이 생기면 확실히 다시 물어봤어야 했는지도 모른다. "좋은 일만 기억한다"는 레이코 씨의 성격을 고려해 좀 더 그늘진 부분을 파고들었다면 이야기에 깊이가 있었을 텐데. 그럴지라도, 그런 머리 쓰기를 일절 하지 않고 둥실둥실 무심하게 대하는 것이야말로 레이코 씨가 들려주는 옛날이야기의 묘미다.

그런 까닭으로 기록으로서는 매우 애매하고 인터뷰로서는 정말로 서툴긴 하지만 현재와 과거를 오고 가는 레이코 씨의 이야기를 문자로 옮긴 내용을 지금부터 적는다. 술집 '학교'에서 깊어가는 밤의 운치를 조금이라도 나눌 수 있기를 바라면서.

신페이 씨와
초대 '학교'

설마하니, 이런 인생을 보낼 줄이야. 신페이 씨를 만나기 전까진 생각조차 못 했어. 신주쿠 1초메에 있던 '학교'에 가서 신페이 씨를 만난 건 스물여덟 살께였어. 그때 마침 그림쟁이 연인이 있어서…… 이미 이름도 잊어버릴 만큼 오랜 이야기지만…… 그가 뮌헨에 가버렸지 뭐야. 당시 낮에 가부키 관련 일을 해서 꽤 바빴기 때문에 연인의 일 따윈 평소엔 잊고 살았는데…… 밤…… 그래, 밤이 오면 역시 혼자는 외로우니까. 그렇다고 뭐, 훌쩍훌쩍 울 정도는 아니었어.

그때 마침 『주간 신초』에 신페이 씨가 다시 가게를 하는데 도와줄 사람을 모집한다는 기사가 실린 걸 우연히 보게 된 거야. 내가 나이토마치에 살았거든. 집에서 가깝기도 하고 밤의 외로움을 달래기도 좋을 것 같아서 주뼛주뼛 가게를 찾아갔지. 그게 시작이었어.

'학교'는 1960년 6월 15일에 문을 열었대. 신페이 씨가 "안보 반대, 금일 개점"이 적힌 광고지를 만들어서 뿌린 덕인지 첫날부터 손님으로 와자지껄했던 모양이야. 아직 내가 없던 때라 나중에 들은 이야기지만. 내가 처음에 학교에 간 건 6월 말쯤이던가. 『주간 신초』 광고를 보고 반달가량 고민하다가 겨우 결심하고 갔더랬어.

구사노 신페이 씨가 세운 초대 '학교'는 1960년 6월, 신주쿠 1초메에서 문을 열었다. 신페이 씨의 연보에는 "바 '학교'를 신주쿠 1-5에 개점. 소노 유이치로와 공동 출자. 내림 한 간 반, 길이 두 간. 설계 쓰지 마코토"라고 적혀 있다. 위층에 중국 요릿집이 있어서 "천장 속을 쥐가 뛰어다녔고" "화장실 문이 닫히지 않았다"고 당시를 아는 사람이 입을 모아 말한다.

때는 60년 안보투쟁[1]이 한창이던 시기. 연일 데모대가

---

[1] 미국 주도의 냉전에 가담하는 미일상호방위조약 개정에 반대하여 일본에서 일어난 대규모 평화운동. 1960년 1월 19일 조약이 맺어지고 5월 19일 국회 비준을 통과하자 6월 4일 1차 집회, 6월 15일 2차 집회가 열렸다.

국회의사당을 둘러싸고 있었다. 신페이 씨는 '학교' 개점 준비로 이리저리 바쁜 와중에도 혼자 경시청 앞에 가서 밀짚모자를 쓰고 책상다리를 한 채 안보조약 개정을 항의했다. 사진가 도몬 겐*도 혼자 경시청 앞에 와 있어 서로 놀랐다는 이야기가 전해진다. 데모대 안에서 아는 얼굴을 발견하면 "안보 투쟁, 금일 개점"이 적힌 광고지를 나눠줬다고.

"안보 투쟁, 금일 개점"이란 문구가 인상에 깊게 남았는지 '학교' 개업일을 1960년 6월 15일, 국회의사당 정문에서 시위하던 간바 미치코가 사망한 날이라고 기억하는 사람이 많다. 레이코 씨도 그렇게 말했지만, 신페이 씨의 일기에는 개업일이 6월 21일이라고 쓰여 있다.

레이코 씨의 눈에 들어온 광고는 『주간 신초』 6월 20일호 '주간 신초 게시판'이라는 페이지에 실려 있다. 전문은 다음과 같다.

구사노 신페이 선술집 '화차'를 그만둔 지 벌써 5년 정도 지났습니다. 그런데 이번에 조금 취향을 바꿔서 스탠드바 '학교'를 근일 개점합니다. 장소는 도쿄 신주쿠 1초메 5(신주쿠 교엔 정문 앞 부근)로 여직원을 구합니다. 스무 살 전후, 오히려 미경험자를 환영합니다. 근무 시간은 일요일을 제외하고 매일 오후 다섯 시부터 열한 시까지입니다. 희망하시는 분은

도쿄도 신주쿠구 가시와기 3-373, 전화 도쿄 (368) 5064로 연락해주시기 바랍니다. (시인)

주소와 전화번호를 당당히 실은 것이 과연 쇼와시대답다. 덧붙여 같은 페이지에 조각가 이사무 노구치*가 이색 광고를 게재하고 있다.

이사무 노구치 저는 연을 수집하고 있습니다. (중략) 미국과 유럽 두 곳에서 연 제품 전람회를 개최하고자 합니다. 새것 헌것 가리지 않으니 예술적인 연을 갖고 계신 분은 8월 말까지 사진 또는 실물, 가격 등을 참고품으로 도쿄도 미나토구 아카사카 에노키자카초 4 이치카와 앞으로 보내주세요. (조각가)

이후 예술적인 연이 얼마나 모였는지 조금 궁금하다.

처음 만난 날은 말이지, 이른 시간에 찾아갔었어. 비가 내렸다고 기억해. 가게 문을 열자…… 그 문이 제법 무거웠어. 내부는 몹시 너덜너덜했지만 문만은 훌륭한 가게였다니까. 손님은 긴 씨랑 또 한 사람 있었던 것 같은데 누구였더라?
그리고 안쪽에 신페이 씨가 있었어. 야마다 히사요 씨는 문 근처에 따분하다는 듯이 고개를 숙인 채 서 있고…… 신페이 씨의 조끼를 입고 있었지. 신페이 씨랑 야마다 씨는 스웨터나 조끼를 공유하고 있었어, 후후후. 나중에 알고 '저런' 했다니까. 야마다 씨 본인은 술을 일절 마시지 않고 어쨌든 신페이 씨를 무사히 데리고 돌아가는 일만을 생각하는 느낌이었어. 무척 아름다운 사람이었지. 나랑 아홉 살 차이가 나니까 아직 마흔 살이 되기 전이었을걸.

신페이 씨도 그렇게 많이 취해 있지 않았고 긴 씨도 아직 멀쩡했어. 술 마시는 곳에 간 게 태어나서 처음이었던 난 속으로 이상한 곳에 와버렸나 생각했어. 신페이 씨가 "자, 이쪽으로 와서 앉아요"라고 말해서 굳은 채 "네" 하고 앉았는데. 멀찍이 떨어진 곳에서 야마다 씨가 싱글벙글하는 거야.

가게를 도와줄 사람을 찾는단 기사를 보고 왔다고 했지. 그랬더니 신페이 씨가 "아홉 시까지 한다는 조건은 괜찮지만 우린 그다지 높은 답례를 할 수 없어요……" 급료라고 하지 않았어. 답례라고 했다고 기억해. 그사이 옆에 있던 긴 씨가 점점 술에 취해서는 "자네, 낮엔 뭘 하고 있어?" 같은 질문을 해댔지. 그런 흐름으로 일하게 됐던가.

근데 말이야, 처음부터 '학교'에서 일을 한 건 아니야. 『주간 신초』에 기사가 난 뒤 문학이나 시에 관심 있는 사람이 적잖이 몰려들어서 일주일…… 일요일은 휴무고 월요일부터 토요일까지 6일 동안 하루하루 일할 사람이 벌써 정해져 있더라고. 그래서 근방에 '노라'라는 가게가 있는데 거기 마담이 도와주는 사람이 없어 곤란해하니 괜찮다면 일해보지 않겠느냐는 얘기가 나왔어. 그러니까 내가 처음에 도와준 가게는 '노라'라는 술집이야.

'노라'의 마담은
너글너글한 일꾼

　'노라'의 마담은 큰 덩치에 새하얀 피부…… 그래, 미인이
라고는 말할 수 없지만 고이 자란 티가 났어. 남편이 게으
르고 흐리터분한 사람이라서 자식을 키우기 위해 그 가게
를 하는 듯 보였어. 그야말로 『인형의 집』의 노라였지. 그런
일, 그 시절에는 흔한 일이었어.

　'노라'의 마담은 취해 있지 않을 땐 누가 물으면 대답만
겨우 할 정도로 붙임성도 뭣도 없는 사람이었지만, 술에 취
하면 취할수록 점점 활기가 넘쳐났어. 후후. 친해지니 내게
"오늘은 우리 집에서 자고 가렴"이라고 말해주기도 했어.
집에는 아이가 세 명, 일하는 할멈이 한 분 있었어. 막내가

아직 중학생 정도였던가.

　남편 되는 사람은 영화감독이었어. 어떤 영화를 만들었던 걸까. 뭐, 딱히 이름이 알려진 감독은 아니었을걸. 나랑 만났을 무렵, 마담은 꽤 통통했지만 젊었을 적엔 피부도 희고 곱게 자란 분위기도 나서 제법 괜찮았을 거야. 그 감독이란 사람이 "배우가 되지 않겠느냐"고 권유해서 배우가 됐다고 하더라고. 배우가 된 건 좋았는데, 원래 연기를 잘할 법한 사람은 아니었어. 그러는 사이 그 감독이랑 결혼해서 아이를 낳았대. 문제는 역시 영화의 세계에 속한 사람답게 정해진 수입이 없어서 마담이 가게를 하지 않으면 아이들도 키우지 못할 형편이었다네.

　내가 그 집에 묵었을 땐 남편이란 작자는 여배우인지 뭔지 하는 여자랑 바람이 나서 이미 헤어진 뒤였어. 당시 아저씨가 한 명 만나러 오곤 했는데. 나중에 들으니 연인이었더라고. 하지만 그 남자도 벌이가 없어서 마담이 먹여 살리는 느낌이었어. 마담은 말이야, 곁에서 보고 있으면 무척 고생하는구나 싶어. 그치만 역시 좋은 사람…… 뭐, 내가 좋은 사람이라고 말하면 다들 좋은 사람이 되어버리지…… 그녀를 만날 수 있어 즐거운 인생이었다고 생각해.

　'노라'라는 가게는 오래전에 문을 닫았어. 마담은 아직 건강하리라고 믿어. 장남과 함께 살고 있으려나. 아니면 홀

로 살고 있으려나…… 마키, 춥지 않아? 환기팬 끌까? (환기
팬 줄을 잡아당기는 소리)

'노라'에서 일할 땐 술 파는 가게가 처음인 탓에 매일 놀
라기 일쑤였어. 그러다 차츰 단골들이랑 사이가 좋아져서
"끝나면 '학교'에 가자"든지 "그럼 '도초'에 가자"든지 아니
면 "저기, '나르시스'에 가자"든지 하면서 근처 가게에 같이
놀러 가곤 했지.

당시 '학교'는 신주쿠 1초메, '노라'는 신주쿠 2초메에 있
었어. '도초'는 니코식품점[1] 뒤에 있었고. 남자들은 그곳들
을 빙빙 돌며 술을 마셔댔지. 개중에는 하룻밤에 두 바퀴
도는 사람도 있었다니까. 그땐 남자들이 매일 밤 술을 마셔
서 어느 가게든지 나름대로 돈을 벌어들였어. 벌어들였다고
하면 안 되나. 수입 때문에 곤란해하는 가게는 없던 것 같
지만 가족이나 친척이나 부양해야 할 사람이 많은 탓에 결
국은 돈에 쪼들렸거든. 뭐, 나는 그런 일 관계없으니 무사태
평했지만.

몇 달쯤 지나자 '학교'에서 일하던 사람들이 다 사라져버
렸어. 맞지 않았던 걸까? 결국 난 신페이 씨와 야마다 씨를
도와서 '학교'에서 일하기로 했지.

---

[1] 미쓰코시가 1926년 신주쿠 3초메에 세운 식료품 전문 쇼핑센터. 1979년 '스튜디오 알타'
로 이름을 바꾸고 다목적 패션센터로 변신, 신주쿠의 랜드마크로 자리잡았다.

이렇게 레이코 씨는 개교일보다 몇 개월 늦게 '학교'의 직원이 됐다. 이후 신페이 씨와 그 연인인 야마다 히사요 씨 그리고 레이코 씨 셋이서 가게를 꾸려나갔다.

스물여덟 살이던 레이코 씨가 신페이 씨의 저승길을 배웅했을 때는 쉰여섯 살이었다. 그 뒤 예순세 살 겨울에 골든가이로 자리를 옮겨 술집 '학교'를 다시 열었다. 나와 만났을 때는 일흔여섯 살이었다. 사람이 찾아와 술을 마시고 돌아간다. 기나긴 세월, 레이코 씨는 '학교'의 카운터 안에서 그 풍경을 지켜보며 살아왔다.

술집 학교의 상징은 구닥다리 대시계
21세기 알리는 종 안녕히 가십시오
술은 꿀꺼덕 맥주는 거품째

술집 학교의 단골은 참 드문 미남미녀
낙제하는 우등생 그렇다면 그래라
술은 꿀꺼덕 맥주는 거품째

구사노 신페이 작사, 고야마 기요시게*작곡, 「술집 학교의 교가」

레이코 씨의 느린 어조로 펼쳐지는 옛 우등생들의 향연. 이야기를 듣는 동안 시간 축이 갑자기 뒤틀려서 그들의 등이나 손바닥이나 옆모습이 보이는 듯하다. 아니, 취기가 돌았을 뿐일까.

카운터 안과 밖은 이승과 저승.

어느 한쪽은 유령일지도?

둘 다 발이 안 보이는걸.

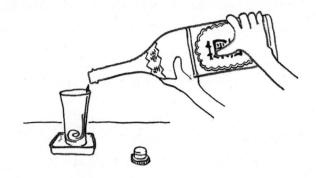

매일 같이 술을 마시러 오는 사람은 긴 씨였어. 아, 너랑 만나게 해주고 싶다! 다카하시 긴키치라는 그래픽 디자이너로 명조체 문자도안 분야에서는 대단한 사람이었던가 봐. 정신이 멀쩡할 땐 스스로 뭔가 말을 꺼내는 일이 거의 없었어. 하지만 술에 취하면, 후후후. '엉김쟁이 긴' 또는 '싸움쟁이 긴'이라고 불렀지.

긴은 기독교인이었어. 그래서 공산당이었지. 이상하지? 날마다 다섯 시쯤이면 가게에 모습을 드러냈는데. 오픈은 여섯 시부터라고 아무리 말해도 꼭 그때 찾아오는 거야. 내가 좀 성마른 성격이라서 네 시에는 출근했거든. 정해진 시간보다 가게 문을 빨리 연다는 사실을 알았던 거지. 그 사람은 세 시에 교정인지 뭔지를 마치면 그날 해야 할 일은 끝나는 모양이었어. 그래서 다섯 시께면 가게에 도착했어.

난, 사람을 만나면 초반에 뭘 이야기해야 좋을지 잘 모르겠어. 그도 취해 있지 않을 땐 정말로 과묵한 사람이었어. 그래도 나랑 열심히 대화하려고 애썼지. 딱히 재밌지도 않았을 텐데, 뭔가 말을 계속 걸어줬다니까. 별것 아닌 이야기였지만 긴 씨랑 말을 주고받고 있으면 전혀 질리지 않았어. 긴 씨는 그때 이미 쉰을 넘긴 나이였다고 기억해.

손님들 사이에서는 '긴 씨'로 통했어. 그를 싫어하는 사람은 없었어. 그 시절의 남자들은 어쨌든 모이기만 하면 활기가 넘쳤거든. 즐거운 이야기도 잔뜩 했고 싸움도 만날 했지. 진심으로 다툰 뒤 상대방이 싫어서 가게에 더는 오지 않는 사람도 있었어. 근데 대부분은 다음 날 또 만나면 "야" 하고는 같이 술을 마셔대는 거야. 참 별나다고 생각했어.

그야말로 독특한 시대였지. 아마도 전쟁에 진 일…… 입 밖으로 내지는 않아도 남자들의 마음엔 쭉 그게 있던 게 아닐까. 전쟁이 끝나서 안심이긴 해도 역시 일본에서 태어나고 자란 남자란 말이지. 설령 공산당이든 뭐든 전쟁에서 져버렸다는 것에 대해서는…… 뭔가 마음속에 굴절된 감정을 품고 있지 않았을까. 그때의 난 그런 사실을 전혀 알아채지 못했어. 나중에야 그런 일인가 싶었지. 게다가 옛날 남자들은 곧잘 책을 읽었으니까. 이야기를 해도, 뭔가 한마디를 해도 '아아!'라고 감탄하게 하는 구석이 있었어. 다들 어른이었던 걸까. 기본적으로 지금보단 조숙했던 시대였어. 틀림없이.

부엌이
기름으로 끈적끈적,
단 가즈오

단 씨는 '학교'에 오면 요리를 하고 싶어 했어. 늘 손수 재료를 준비해 들고 왔지. 그것도 월등히 좋은 생선이나 고기를 말이야. 근데 '학교'의 부엌은 좁았거든. 단 씨가 요리를 끝내고 나면 부엌은 완전 기름투성이가 되곤 했어.

버터랑 뭔가를 지글지글 끓이는 남자의 요리. 신페이 씨도 요리 솜씨가 좋았지만 단 씨의 요리는 멋스러웠어. 뭐든지 듬뿍듬뿍했거든. 작은 부엌이야 어찌 되건. 지글지글, 끈적끈적. 아, 싫다, 싫어. 후후후. 나, 기름이라면 질색하니까. 그래서 평소에 좀처럼 튀김도 안 하건만. 그치만 단 씨가 만드는 음식은 역시 맛있었어. 끈적끈적하지 않으면 맛있는 요리는 못 만드는구나, 생각했더랬지.

신페이 씨와 함께 샤쿠지이에 있는 단 씨의 집에도 놀러 갔었어. 그날 밤은 단 씨네 집에서 묵고, 이튿날 "그럼 아키쓰에라도 갈까?"라고 말해서 이번에는 셋이서 신페이 씨의 집으로 향했지. 자동차를 타고서. "후미도 갈래?"라고 물으니 "응" 하고 대답한 단 씨의 딸도 데리고 갔던 기억이 나. 단 씨는 집에 손님을 부르면 부인인 요소코 씨한테 거만하게 굴었어. 요소코 씨는 말대꾸 한번 하지 않고 그걸 잘 받아냈지.

하지만 단 씨는 태생이 성실한 사람이야. 집에선 상남자일지 모르지만…… 상당히 친한 상대에게도 예의가 발랐어. 말본새가 거칠어지지도 않았어. 술에 취해 버릇없이 행동하는 모습도 별로 못 봤어. 단 씨는 술을 마셔도 성실한 사람이었어. 신페이 씨는 실수도 많이 했는데…… 나중에 "미안" 하고 사과했지만. 단 씨는 그런 일이 아예 없었어.

나로 말할 것 같으면 단 씨 쪽이 좀 거북스러웠어. 똑바른 사람이라 자신이 하고 싶은 일이 제대로 되지 않으면 언짢아지는 타입이었거든. 알기 쉽다고 하면 알기 쉽지만, 단 씨랑은 같이 살 수 없겠다고 항상 생각했어. 단 씨를 존경하긴 해도 함께 사는 건 무리. 후후후. 뭐, 저쪽도 나 같은 사람 사절이겠지만 말이야. 신페이 씨라면 함께 지낼 수 있어, 응. 서로 마음껏 하고 싶은 말을 주고받을 테니까.

히가시나카노의 대폿집에서 다자이 오사무, 단 가즈오, 나카하라 츄야, 나. 이렇게 넷이서 술을 마신 적이 있다.

1976년 1월에 세상을 뜬 단 가즈오를 추모하는 원고에서 신페이 씨는 이렇게 쓰고 있다. 다자이, 단, 츄야 그리고 신페이라는 호화 출연진도 놀랍지만 내용의 하찮음과 어리둥절함이 더 굉장하다. 어쩌면 레이코 씨가 말하는 '옛날 남자들'의 분위기란 이런 걸까.

그때 나카하라가 다자이에게 꽃 중에 무슨 꽃이 제일 좋으냐고 물었다. 그랬더니 다자이가 복숭아꽃이라고 대답했다. 그 복숭아꽃을 계기로 그들은 시시한 토론을 벌였다. 토론은 끝내 싸움으로 번졌다. 그리고 '밖으로 나와'로 이어졌다. 정작 밖에 나온 사람은 다자이와 나카하라가 아니라 그 싸움을 떠맡은 단 가즈오와 나였다. 우리는 맞붙어 싸웠다. 나는 나카하라의 심술궂음을 편드는 바람에, 단은 그의 상냥함 때문에 벌어진 사태였다. 그날의 주먹질로 우리는 되레 더 친해졌다. 그 이후 그와 싸운 적은 한 번도 없다.

구사노 신페이 저, 「막연한 사람, 단 가즈오」, 『신초』, 1976년 3월

"그리고 '밖으로 나와'로 이어졌다." 이 한 문장이 바보스러워서 참을 수 없다. 이 싸움 장면은 단 가즈오가 쓴 『소설 다자이 오사무』에도 등장한다. 네 명의 연보를 살펴보면 1934년께 있던 일로 보인다. 그렇다면 신페이가 서른하나, 나카하라가 스물일곱, 다자이가 스물다섯, 단 가즈오가 스물둘. 가장 나이 많은 신페이 씨가 가장 어른스럽지 못하게 맨 먼저 "밖으로 나와"라고 고함쳤으려나.

다자이도 나카하라도 일찍 세상을 떴다. 반면 맞붙어 싸운 신페이와 단은 전후의 문단을 살았다. 둘은 함께 상하이와 시안과 우루무치에 놀러 가거나 규슈를 돌아다녔다. 신주쿠나 긴자에서, 서로의 집에서 술을 마시고 또 마셔댔다.

"이 땅에서 장보기만큼 좋아하는 일은 없어"라고 말하던 단 가즈오이기에 고깃간이나 생선전 앞에서 좋은 식자재를 발견하면 신나게 사서는 부리나케 '학교'에 들고 왔겠지. 레이코 씨의 진절머리에도 아랑곳없이. 싸움에서 시작된 신페이 씨와 단 씨의 친분은 처음부터 끝까지 철저하게 남자의 우정이었다.

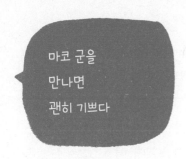

마코 군을
만나면
괜히 기쁘다

마코 군은…… 마음에 드는 남자 중 한 사람이었어. 마코 군의 사무실이 긴자에 있었고 나도 낮엔 그 근처에서 가부키 일을 해서 지하철 등에서 종종 만났어. 그럴 때마다 "오, 만났네"라고 말할 뿐 상대방이 하는 일에 대해 탐색도 하지 않고 빈말도 하지 않았어. 만나면 기분 좋은 남자였지.

마코 군은 말이야. 겉보기엔 멋 부린 기색이 조금도 없어. 근데 낡아빠진 옷을 입어도 멋스러웠어. 그리고 자신이 '이거야'라고 생각한 것에는 돈을 쓰는 사람이었지. 스키나 등산 기구는 좋은 물건을 사서 소중히 썼거든. 지금 생각해 보면 돈이 그렇게 많지 않았을 텐데, 이상하게 가난하다는 느낌이 전혀 안 났어.

뭐, 어쨌든 만나면 '아, 오늘은 마코 군을 봤으니 뭔가 좋은 일이 생길 것 같아'라는 기분이 드는 사람. 저쪽은 어땠는지 모르지만 난 그랬어. 생각지도 않게 만나면 기쁘기 그지없었어. 약속 따윈 하지 않고 우연히 긴자나 어디에서 만나면 기분이 좋아지는 거야.

'학교'에도 자주 얼굴을 내밀었어. 매일 밤 오진 않았지만. 마코 군은 인기가 많았거든. 그리고 일도 바빴을지 몰라. 다른 곳에서도 여러 가지 만남이 있었겠지. 신페이 씨는 평상시엔 '쓰지 군'이라고 불렀지만, 술이 들어가면 신페이 씨는 물론이고 다들 "마코 군, 마코 군"이 나왔어. 나도 그랬어, 후후후. 쓰지 씨라고 부른 적이 아마 없을걸. 지금 다시 만난다면 아아, 틀림없이 기쁠 거야.

레이코 씨가 '마코 군'이라고 말할 때, 그 목소리는 동경하는 사람을 이야기하는 소녀와 같은 감정을 띤다. 쓰지 마코토는 열 살 이상 나이 많은 구사노 신페이에게도, 열 살 이상 나이 어린 야마모토 다로에게도 '마코 군'이라고 불리며 늘 인기를 한몸에 받았다. 동료들은 그 모습을 이렇게 생생하게 묘사하고 있다.

쓰지 마코토는 말하자면 만능선수였다. 기타를 치며 노래를 불렀고 스키 동호회에서 강사를 했다. 술집 '학교'의 설계도 했다. (중략) 그는 말솜씨도 뛰어났다. 말로 하는 인물 묘사는 적확하고 유머러스해서 사람들을 웃겼다. 만담가처럼 자신은 웃지 않으면서 남을 웃기는 게 아니라 말을 끝내자마자 먼저 자신이 웃어댔고 주위 사람들은 그것에 낚여서 다들 웃음을 터뜨렸다. 비뚤어지지 않은 천진난만함이 있었다.

구사노 신페이 저, 「쓰지 마코토에 관한 단장」, 『역정』, 1976년 5월

'역정'의 정기 모임이나 술집에 불쑥 들어오는 쓰지 씨는 어딘가 하나쯤 때물을 벗지 못했다기보다는 소탈한 구석이 있었다. 거기에 도쿄 말투로 수다 떠는 모습은 나처럼 지방에서 사는 사람에게는 굉장히 매력적으로 느껴졌다. (중략) 특히 기타를 치기 시작하면 나 같은 놈은 상대가 안 됐다. (중략) 술집에 있는 여자들은 우르르 쓰지 씨한테 몰려들었다. 쓰지 씨는 이상야릇하게 슬픈 사랑의 노래를 의미심장한 듯 불러준 적이 한 번도 없다. 재미있는 노래를 명랑하게 불러줬다. 그것이 뭐라고 말할 수 없는 우아함을 풍겼다.

다카우치 소스케 저, 「쓰지 씨와의 추억」, 『역정』, 1976년 5월

뭐든지 잘했고 멋쟁이였다. 그러면서도 젠체하지 않고 시

원스레 노래를 불렀고 사람을 웃겼다. 쓰지 마코토에 대해 쓴 글을 읽으면 레이코 씨가 반해버린 것도 이해가 간다.

"마키도 만나봤으면 좋았을 텐데."

레이코 씨가 말할 때마다 홀린 채 말한다.

"아, 저도 보고 싶어요."

다만 나는 레이코 씨를 만나기 전 마코 군이라고 불리던 사람의 뿌리와 인생의 단편을 온도 없는 활자로 읽어 알고 있었다. 그래서 그 이름을 들으면 천진스레 마음이 설레기에 앞서 어딘지 아픈 듯한, 서늘한 듯한 기분이 되고 만다.

마코토를 화장했을 때 신페이 씨와 구시다 마고이치* 씨는 유골을 먹었던…… 듯하다.

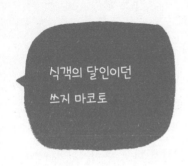

식객의 달인이던
쓰지 마코토

소생은 탄생부터가 식객이었고, 식객으로서 자랐으며, 식객
으로서 어른이 됐다. 지금은 보기 드문 식객족의 생존자이
자 가끔은 노동자로 타락하는 일본 아파치 같기도 하다.

쓰지 마코토 저, 「식객올시다」, 도쿄신문, 1964년 9월 14일

이렇게 스스로 적었듯 쓰지 마코토는 아마 일평생 세상
이나 타자와 일정한 거리를 유지한 채 고독과 자유를 둘 다
가졌던 사람이다.

어머니는 부인해방 운동가인 이토 노에. 열여덟 살에 장
남 마코토를 출산한 직후, 그녀가 친구이자 동지인 히라쓰

카 라이초*에게 쓴 편지의 내용은 "이 아이 때문에 앞으로 내가 얼마나 흔들릴지를 생각하면 한심해지곤 합니다. 왠지 무서운 느낌입니다"였다. 아이를 얻은 기쁨이 전혀 없다. 노에의 솔직한 불안을 이해하지 못하는 건 아니지만, 이래서야 태어난 쪽은 '탄생부터가 식객'이란 기분이 들지 않겠나.

그리고 2년 반 뒤 노에는 사상가였던 남편 쓰지 준과 두 아들(마코토와 동생 류지)을 버리고 아나키스트 오스기 사카에한테로 달려간다. 그것만으로도 충분히 추문이었건만 그로부터 8년 후인 간토대지진이 일어난 1923년 9월, 노에는 오스기와 함께 헌병 대위였던 아마카스 마사히코의 손에 의해 죽임을 당한다.

다행히 당시 소생은 매우 오체 건강한 소년으로, 밖에 나가서 바쁘게 뛰어다니는 일이 기쁜 단순한 생물이었기에 그리고 머리 회전이 좀 빠르지 않던 탓에 아마카스 사건으로 노에 씨가 죽었다는 소식을 들어도 '저런' 하고 생각했을 뿐이다. 그보다는 지진으로 학교 건물이 납작하게 짜부라져서 당분간 여름방학이 계속된다는 기쁨이나 신사의 신관이 죽어서 연못에 사는 거북이를 마음대로 가져가도 된다는 소식이 훨씬 자극적이었다.

쓰지 마코토 저, 「식객올시다」, 도쿄신문, 1964년 9월 14일

열 살의 마코토 소년은 남의 집사람이 된 어머니를 '노에 씨'라고 불렀나 보다. 아버지 쓰지 준*이 또 괴짜였다. 그리고 마지막은 광인이었다. 쓰지 준이 마흔다섯 살, 마코토가 열다섯 살 때, 둘은 파리에 가서 2년간 같이 생활했다. 그것이 인생에서 가장 두 사람이 가까웠던 시기였다. 그 후 생활력 없는 쓰지 준의 가정은 붕괴됐다.

쓰지 준의 사상이나 언동을 완전히 이해했다고는 생각지 않지만, 그의 인간으로서의 성실이나 미를 열심히 추구하는 마음을 낮게 평가할 수는 없었다. 그렇지만 아버지로서 본다면 아들에게나 다른 가족에게나 그는 무책임하고 무능한 인물이자 불쌍한 겁쟁이였다. 가족들은 그를 미워하거나 사랑하거나, 화내거나 무서워했다. 나로 말할 것 같으면 경멸했다. 따라서 무너져가는 가정이든 아버지나 가족이든 아무런 미련이 없었다. 그렇다고 달리 생계 방편이 있던 것은 아니었다. 하지만 혼자가 되자 시원한 기분이 들었다.

쓰지 마코토 저, 「아버지 쓰지 준에 대해」, 『책의 수첩』, 1962년 6월

쓰지 준은 이윽고 정신을 놓는다. "나는 덴구[1]가 됐어"

---

[1] 일본 전설에 등장하는 하늘을 날아다니는 괴물.

라고 외치며 2층에서 뛰어내리거나 보화종의 탁발승처럼 장삼에 삿갓을 쓴 차림으로 각지를 떠돌아다니다가 보호 조치 되기도 한다. 열아홉 살께 마코토는 몇 번이나 아버지를 데리러 경찰서에 갔다. 그것은 아버지가 방랑 끝에 아사하기까지 10년 이상 계속됐다.

아버지가 죽은 뒤 마코토는 산과 스키와 그림과 기타를 사랑하는 자유인으로서 자유롭고 느긋하게 살았다. 그리고 예순한 살에 말기 암임을 알고 죽을 때가 됐음을 깨달은 그는 스스로 목매달아 죽었다. 술집에서 명랑하게 기타를 쳐서 남들을 웃겼으면서도 마지막은 전부 혼자 매듭짓는 사람. 이것이 식객이 사라지는 법일까.

쓰지 마코토가 술집 '학교'를 기록한 글이 남아 있다. 레이코 씨의 얘기에 자주 등장하는 '긴 씨'의 모습도 보인다.

신주쿠교엔 앞 '학교'에 들른다. 시업 다섯 시 반, 종업 열한 시의 야학이다. (중략) 이곳에 출석하면 동급생이나 동창생인 누군가가 얼굴을 내밀고 있기에 도저히 조용히 취할 형편이 못 되는데, 어쨌든 홈그라운드에 돌아왔다는 기분이 든다. 구사노 신페이 교장은 대개 자리를 비우지만 전혀 지루하지 않다.

'긴자는 신사, 신주쿠는 궤변가'로 유명하다. 다카하시 긴기치 씨는 개교 이래 결석을 거의 하지 않은 우수한 학생. 엮이면 "시끄러워"라고 말하기에 고슴도치나리라고 부르는 사람도 있지만, 만나보면 들은 것과는 크게 다르다. "그게 어쨌다고? 그게 어쨌다고?"라며 따지고 드는 소크라테스의 아이러니는 경청할 만한 매력이 있으니, 그는 교장을 대신해 목하 강좌를 담당하고 있다.

쓰지 마코토 저, 「비틀비틀 술집 순례」, 『책의 수첩』, 1963년 7월

우후훗, 즐거웠겠다. 어쩌면 '학교'는 식객들이 머무는 집이었을지도 모른다.

야마모토 다로는
덩치 큰 소년

　나한테 다로는 다로야. '역정'의 젊은 동인들은 '다로 씨'라고 불렀지만, 나는 술에 취하면 "어이, 다로"가 바로 나왔거든. 후후후, 좀 건방졌지.

　다로는 딱 바라진 체구로 매우 커다랗다는 느낌이었어. 키도 커서 다른 사람과 이야기를 하기 위해 새우등 자세를 취하곤 했지. 근데 몸을 구부려도 큰 거야. 그리고 코가 멋졌어. 그 멋진 코로 "흥" 하고 코웃음을 쳐댔어.

　외삼촌이 기타하라 하쿠슈*, 아버지가 화가인 야마모토 가나에*. 그런 집안의 영향도 있었던 걸까. 다로라는 사람은 소년다움이 죽을 때까지 사라지지 않은 남자였어. 누군가 남자와 여자의 소문을 떠들잖아, 술에 취하면 그런 이야기를 꼭 꺼내는 사람이 있지? 하지만 다로는 그런 걸 별로 좋아하지 않았어. "그럼 어때? 사람을 좋아한다는 건 좋은 일이야"라고 말하기만 했어. 항간에 떠도는 소문을 입에 담는 모습을 본 적이 없다니까. 그에 비해 여행이나 산이나 스키 이야기가 나오면 활기차게 수다를 떨어댔지.

다로는 말이야, 쉽게 반하는 남자였어. 걸핏하면 여자한테 빠져버렸지. 그 상대가 내 마음에 드는 사람이면 얌전히 이야기를 들었지만, 상대가 탐탁지 않은 사람이면 "흠, 하필이면 그런 여잘"이라고, 후후후. 일부러 심술궂은 말을 던졌어. 뭐, 그렇게 많은 사람과 사귄 건 아니야.

마지막으로 홀딱 빠진 사람은 어느 학교의 국어 선생이었어. 아무래도 신페이 씨의 가게에는 유명인사가 잔뜩 오니까 나도 온다는 듯한…… 그런 사람들 말이야. "그 가게에서 술을 마시다가 아무개를 만났어" 같은 자랑을 딴 데서 늘어놓을 법한…… 알겠지? 그 여자는 혼자서 오는 일은 없고 꼭 친구랑 둘이서 왔어. 그러는 사이에 다로가 반해버린 거지.

다로는 쉰 줄이었고 그 여자는 서른을 넘겼던가. 나는 그 여자가 싫어서 "뭐야? 달리 좋은 여자들 많잖아?"라고 딴지를 걸곤 했지. 그러면 다로는 "그런 말 해봤자, 그녀도 좋은 구석이 있어"라고 대꾸하는데, 꼭 소년 같았다니까.

다로의 아내는 착실하고 어기찬 사람이었어. 다로는 금세 다른 여자한테 흔들렸지만. 다로와 아내는 유치원 시절부터 아는 사이였대. 정말로 둘은 서로 쪽 좋아했다고 생각해. 분명 부인한테는 다른 이가 대적할 수 없었을 거야. 다로에게는 어린 시절부터 언제나 부인이 첫 번째였다고 봐. 근데 숙명이라고 해야 할지, 아내가 너무나 허튼 데가 없는 사람이니까 자신을 사분사분 대해줄 법한 여인을 만나고 싶었던 게 아닐까. 그렇게밖에 생각할 수 없을 정도로 다른 여자를 좋아했어. 결국 외로움쟁이였던 거야.

다로를 싫어하는 사람은 없었어. 마코 군도 그랬지만 말이야. 하지만 다들 마코 군은 자신보다 한 수 위 사람이라고 여겼기 때문에 예의 바르게 굴어야 한다는 마음이 어딘가에 자리 잡고 있었어. 그에 비해 다로가 오는 날에는······ 호호호, 아이를 그대로 어른으로 만든 것 같은 남자였으니까. 그렇게 모두에게 사랑받고 있으니 외로워하지 않아도 됐을 텐데. 역시 외로움쟁이였던 거지.

아, 슬슬 배달 가게에 전화해 술 시킬까? 요즘 술이 잘 안 나가네. 내가 파는 솜씨가 별론가?

다로 씨는 레이코 씨보다 아홉 살 연상으로 1925년에 태어났다. 아버지 야마모토 가나에는 사랑한 여자와 결혼하지 못한 탓에 프랑스로 건너갔다는 당시로선 별난 경력을 갖고 있었다. 그리고 파리에서 고생스레 공부하고 난 뒤 귀국길에 들른 모스크바에서 농민들이 만드는 소박한 민예품을 보고 감동한 뒤 일본에 돌아와서 농민 미술이 뿌리내리는 데 힘썼다. 뜨거운 마음으로 척척 행동하는 사람이었던 걸까. 결국 기타하라 하쿠슈의 여동생인 이에코를 아내로 맞아들였고 두 사람 사이에서 태어난 장남이 다로 씨였다.

결코 살림이 넉넉하지 않은 예술가의 집에서 자란 다로 씨는 패전 직전 어뢰정의 특공 요원이었다. 거기서 살아 돌아와 도쿄대 독문학과를 나와 시인이 되었다.

먼 곳에는 시작이 있어
라고 한 사람이 말했다
먼 곳에는 끝이 있어
라고 한 사람이 소리쳤다
이니 먼 곳에는 한가운데가 있어
라며 세 번째 사람이 팔짱을 꼈다

다로 씨는 예순 살께 도쿄신문 석간에 시를 매일 한 편씩 소개하는 칼럼 '시의 마음'을 연재했다. 위 시는 거기에 실은 자작시 「세 명의 여행」으로 이런 해설이 덧붙여 있다.

　30년 전부터 마음 맞는 친구 셋이서 훌쩍 여행을 떠나곤 한
다. 텐트와 취사도구를 짊어지고 일본의 모든 땅을 거의 빠
짐없이 돌아다닌 끝에 지금 그 증세는 심해져 유럽은 물론이
고 아프리카, 서아시아까지 나가는 형편이다. (중략) 여행하고
나서 깨달은 것은 "먼 곳에는 더욱 먼 곳이 있다"라는 평범
한 리얼리즘. 예순 해나 걸어왔으면서 아직 그런 편편한 장소
를 서성거리고 있다니, 부끄러운 이야기이긴 하다. 하지만 나
는 어떻게든 '한가운데'를 원하는 마음만은 줄곧 불태우며
살아가고 싶다.

　하하하, 아이를 그대로 어른으로 만든 듯하다고 레이코
씨가 평한 사람은 "여행하고 나서 깨달은 것은 먼 곳에는
더욱 먼 곳이 있다" 같은 말을 한다.
　사하라사막에 동그란 씨름판을 그리고 씨름을 하려 했
다는 둥 아일랜드의 도로 분기점에 있는 짚으로 지붕을 인
술집을 '마루턱의 찻집'이라 이름 붙이고는 기네스 맥주에
취한 채 주인의 아코디언 연주에 맞춰 바닥을 쿵쿵 치며 춤
을 췄다는 둥. 여행을 함께한 사람이 글로 남겨둔 다로 씨
의 모습은 천진난만하기 그지없다. 틀림없이 여행에서 돌아

오면 술집 '학교'에 어기뚱어기뚱 찾아와서 여행의 일화를 생생하게 펼쳐 보였겠지. 그렇게 레이코 씨를 엄청나게 웃겼으리라.

신주쿠 1초메의 천장 속을 쥐가 뛰어다니는 건물에서 29년 동안 머물던 '학교'는 결국 1988년에 퇴거 명령을 받는다. 그리고 그해 막바지에 가게 문을 닫는다. 호텔을 빌려 대대적으로 열린 폐교식의 안내장을 쓴 사람은 다로 씨였다. 그 전문을 적는다.

바 '학교' 폐교 송별 파티

구사노 신페이가 "길은 진흙탕. 하지만 타오르는 꿈의 불꽃"(「화차의 노래」)을 노래하며 하시모토 지요키치를 조수 삼아 선술집 '화차'를 시작한 것이 1952년. 60년 안보투쟁이 한창인 가운데 신페이 씨가 "바 학교 개점"이라고 적힌 광고지를 뿌린지도 어물어물 29년. 그동안 야학의 문은 훌륭하게도 줄곧 열려 서로 잘 배워왔다고 생각합니다.

주량은 몸집과는 관계없다거나 술은 시를 낳고 색정을 부른다고들 합니다만, 눈앞에 술이 보이고 옆에 친구가 있으면 비애감과 행복감이 갈마드는 새옹지마의 도원향이기도 합니다. 우리, 졸업할 생각이 전혀 없던 음주 서생은 시곗바늘이 얼어붙은 커다란 시계 바로 아래서 때로는 심야 하교를 알리는 종소리를 들으며 아시카가학교[1]의 대편액이 보는 앞에서 거리낌 없이 바른말을 주고받으면서 긴 세월을 보냈습니다. 잊기 힘든 수많은 개성이 우연히 만나 스쳐 갔습니다.

소노 유이치로의 협력과 쓰지의 설계로 문을 연 바 '학교'. 카운터 안쪽에 앉아 있던 교장 구사노 신페이는 어느 사이에 주정뱅이 중 한 사람이 됐고, 야마다 히사요 씨부터 이노우에 레이코까지 꾸밈없는 묘한 아리따움은 한껏 인기를 얻으며 지금껏 이어져왔습니다.

그리고 이제 '화차' 이래로 다시 켜진 불이 마침내 꺼진다고 합니다. 개업 이래 서민적인 서당식을 지키고 빌딩화의 물결을 물리치고자 스스로 불을 끈다고 합니다.

아쉬움을 간직한 채 술꾼 남아·술고래 여아·막차의 사환에게 유명한 숙녀 등 OB, OL, 현역 함께 모여 섣달 어느 날 밤에 종업식의 술잔을 성대하게 올리지 않겠습니까?

새 손님 옛 손님 각각 그리운 얼굴의 적극적인 참가를 기다립니다.

1988년 11월, 바 '학교' 종업식 발기인 일동

하지만 다로 씨는 안내장 원고를 쓴 직후, 예순두 살의

---

1 헤이안시대(794-1185) 또는 가마쿠라시대(1185~1333) 때 시모쓰케국(지금의 도치기현)에 창설됐다고 알려진 일본에서 가장 오래된 고등교육기관.

젊은 나이로 갑자기 세상을 떠났다. 보기 드물게 사람들 앞에서 눈물을 흘리며 그의 죽음을 슬퍼했다는 신페이 씨도 그로부터 일주일 뒤 뒤쫓듯 저세상으로 떠나버렸다. 이쪽은 여든다섯 살. 따라서 초대 '학교'의 폐교식은 주요 인물 두 사람이 결석한 채 치러졌다.

『현대시 수첩』 추모호(1988년 12월)에는 시인 동료인 소우 사콘*이 목격한 다로 씨의 이런 모습이 소개되어 있다.

다로 씨는 어떤 사람인가.

아와즈 노리오* 씨의 애견인 코리와 처음 만났을 때였다. 다로 씨가 느닷없이 코리와 입을 맞추더니 덥석 물었다. 친구가 되기 위해서다. 여기에 다로 씨의 진면목이 있다.

살아 있는 생명 그 자체와 맞물려 살아간다. 다로 씨는 그것밖에 원하지 않았다. 행동도, 작품도 거기에 집중했다. 관념과 상황, 이론과 사회 따위에는 눈길을 주지 않았다.

소우 사콘 저, 「문자의 천재여」

기개 있는 시인은 이가 튼튼하다. 신페이 씨는 어린 시절 무는 버릇이 있어 뭔가 생기면 곧바로 입으로 가져갔단다. 책을 깨물고 연필을 깨물고…… 근처 아이들은 집에서 "말 안 들으면 신페이가 깨물러 올 거야"라는 말을 들었다나.

그리고 다로 씨는 친구가 되려고 개를 물었다. 단단한 이로 삶을 완수하던 시인 두 사람이 사라지자 1988년 12월에 초대 '학교'까지 자취를 감춘다.

후루타 아키라 씨의
글러브 같은
두툼한 손

　신주쿠 1초메에 있던 '학교'가 폐교한 지 7년 후인 1995
년 11월 29일, 골든가이에 말하자면 제2의 '학교'가 문을 열
었다. 레이코 씨가 다시 '학교'라는 이름으로 가게를 하고
싶다고 초대 마담인 야마다 히사요 씨에게 상담하자 "꼭 써
줬으면 좋겠어"라며 응원해주었다고 한다.

　레이코 씨가 시작한 새로운 '학교'. 그 정면에는 한 장의
사진이 걸려 있다. 신페이 씨와 지쿠마쇼보의 설립자인 후
루타 아키라* 두 사람이 찍힌 사진. 손님이 "저 사진은?"이
라고 물으면 레이코 씨는 언제나 기쁜 듯이 대답한다.

　"신페이 씨와 후루탕. 멋진 사진이지?"

나는 레이코 씨의 옛날이야기 중에서도 후루타 씨의 이야기를 유난히 좋아했다.

내가 여태껏 만난 남자 가운데 "아, 이 남자라면"이라고 생각한 몇 안 되는 남자야. 후루타 씨는 뭐, 신페이 씨도 그랬지만 결코 사람에게 상처 입힐 만한 행동을 하지 않았어. 정말로 옛 남자라는 느낌이었지. 쓸데없는 말도 하지 않았고 함께 있는 것만으로도 마음의 안심 같았어. 마음의 안심이라니, 표현이 좀 이상한가. 후후후.

일단 비열한 구석이 없어. 뒤에서 남의 험담을 늘어놓은 적도 없어. 분명 말하고 싶은 게 있으면 면전에서 대놓고 이야기했을 거야. 하지만 사람이 있는 곳에서는 설전을 벌이지 않았지. 술을 마실 때는 즐거운 술자리이고 싶어 하는 사람이었어.

신페이 씨와 후루타 씨는 마음이 맞는 사이였다고 생각해. 구태여 이야기하지 않아도 "야"라고만 해도 그걸로 다 끝나버렸거든. 신페이 씨는 후루타 씨와 만나면 정말 기뻐 보였어. 그저 만났다는 게 기쁘다는 분위기랄까.

손이 말이야, 마치 글러브 같았어. 저기 저 사진의 손을 봐보라고! 술에 취하면 옆 사람의 등을 마구 때려댔어. 그것도 커다란 손으로. 키도 꽤 컸거든. 스스로는 가볍게 두

드릴 작정이었겠지만 이튿날에 보면 맞은 곳이 빨갰어. 나도 이따금 옆자리에 앉았다가 '아아, 내일 틀림없이 이 부분이 빨갛겠군' 하는 일을 당하곤 했지. 후후후. 근데 말이야, 그게 전혀 싫지가 않았어. 이튿날 빨개져도 "아아, 평소엔 좀처럼 밖으로 드러내지 않는 후루타 씨의 뜨거운 마음이 여기(맞은 곳)에 있다"라는 생각이 드는 거야.

있잖아, 다들 취하면 "후루탕, 후루탕" 하고 불렀어. 오래 알고 지낸 사람들 가운데 '후루타 씨'라고 부르는 사람은 거의 없었어. "어이, 후루타" 또는 "후루탕"이었지. 나도 그렇게 불렀으니까, 좀 건방졌나. 신페이 씨는 비교적 그런 부분에서 예의를 차렸어. 취하면 '후루타'가 나왔지만 평소에는 '후루타 씨'라고 불렀어.

어느 날, 후루타 씨의 자식들이 "작가에게 쓸 돈은 있건만 우리는 용돈조차 없다니……"라며 불평했다고 해. 물론 아버지를 존경하니 그런 말을 했을 거야. 후루타 씨는 가난한 글쟁이에게 바지런히 돈을 건넸을 사람이거든. 이 작가는 인정할 만하다 싶으면 가족보다도 우선해 돈을 써버렸을걸. 그런 구석, 남자들에게는 있잖아.

후루타 아키리는 1906년에 나가노현 히가시지쿠마군 지쿠마지무라에서 태어났다. 고향의 이름을 딴 출판사 지쿠마쇼보를 세운 것은 1940년, 서른네 살 때였다.

지쿠마쇼보가 처음으로 세상에 내놓은 책은 나카노 시게하루*의 『나카노 시게하루 수필집』이었다. 당시 나카노 시게하루라고 하면 프롤레타리아문학 작가로서 당국에게 검거되거나 집필 금지 조치를 당하던 요주의 인물이었다.

하지만 후루타 씨는 그런 일은 조금도 아랑곳하지 않고 중학교 동급생으로 지쿠마쇼보에서 함께 일하던 친구 우스이 요시미*를 데리고 나카노의 집에 집필 의뢰를 하러 갔다. 많은 매체가 윗분의 안색을 조심스레 살피던 시대에 "당신의 책을 내고 싶다"고 말해오는 사람이 있다는 사실에 나카노 시게하루는 감격했다. 후루타 씨의 장례식에서 나카노가 읽은 조사에 그 이야기가 나온다.

당신과 나 사이에 있던 것은 문학이 아니었다. 우리는 출판자와 집필자와의 관계였고, 그 사이에는 나로서는 특별한 것이 있었다. 당신이, 당신의 일을 시작함에 있어 처음으로 내 작품을 받아들여주었기 때문이다. 1940년 6월의 일이었다. 전쟁이 한창이던 시기였다. 당시의 상황 속에서 나에게는 격려가 됐다. 참으로 감사하다. (후략)

『후루타 아키라 기념관 자료집』

1941년 12월 9일, 태평양전쟁이 시작된 다음 날 나카노 시게하루는 치안유지법을 어긴 혐의로 검거됐다. 이후 석방 됐지만 일은 거의 들어오지 않았다. 그런데도 후루타 씨는 자사의 최초 저자인 나카노에게 마음을 계속 기울였다. 나 카노의 아이가 병에 걸렸을 때는 식량난 속에서도 벌꿀을 구해 가져다줬다. 경찰로부터 수기를 써서 제출하라는 말 을 들은 나카노가 좀처럼 쓰지 못하자 자신의 신슈 고향 집 으로 초대해 집필에 전념할 수 있도록 보살폈다. 나아가 나 카노가 군에 입대한 뒤에도 남겨진 가족에게 줄곧 돈을 보 냈다. 나카노의 조사에는 또 하나의 사실이 더해져 있다.

전쟁이 끝났다. 지쿠마쇼보는 다시금 일을 시작했다. 그리고 지쿠마쇼보로부터 연락이 왔다. 전쟁이 끝나고 새롭게 일을 시작하는 데 있어 지금까지의 대차 관계를 일단 모두 없던 것으로 해달라는 내용이었기에 나는 깜짝 놀랐다. (후략)

『후루타 아키라 기념관 자료집』

실컷 돈을 빌려주고는 새로운 시대가 됐으니 이제까지의 대차는 없던 것으로 했다니. 후루타 씨, 너무 멋있잖아요.
다지이 오사무의 죽음을 어떻게든지 막아보려 동분서주 했던 사람도 후루타 씨였다. 다자이가 다마가와강에서 동반 자살한 것은 1948년 6월 13일. 최후의 장편 『인간실격』은 지쿠마쇼보의 문예지 『전망』에 연재된 작품으로, 그해 3월 8일부터 5월 12일에 걸쳐 집필됐다. 그동안 후루타 씨는 다자이를 아타미의 여관에 묵게 하거나 당시 자신이 살던 오미야에서 생활하게 하는 등 여하튼 도쿄로부터 멀리 떼놓으려고 애썼다. 다자이가 약해져 있음을, 죽음을 결심하고 있음을 후루타 씨는 이미 헤아렸던 것 같다.

점점 망가져가는 다자이를 눈앞에서 보던 후루타 씨는 다자이의 스승인 이부세 마스지*에게로 달려가 사정한다.

"이대로라면 다자이는 끝장나버려. 지금 인생의 갈림길에 서 있다고 생각해. 내가 고향에서 식량을 조달할 테니 준비가 끝나면 미사카고개 찻집[1]에서 다자이와 함께 한 달 정도 살아주지 않겠어?"

그러고는 식량 조달을 하러 신슈로 향했지만 간발의 차이로 시간을 맞추지 못했다. 후루타 씨가 도쿄로 돌아오기 전날에 다자이는 목숨을 끊었다. 죽기 전날, 다자이는 자택이 있는 미타카에서 먼 길을 마다치 않고 오미야까지 후루타 씨를 찾아갔다. 물론 신슈에 가는 바람에 집을 비운 후

---

[1] 후지산 기슭에 위치한 찻집 겸 여관인 '덴가차야'를 가리킨다. 다자이 오사무가 1939년 발표한 「후지산 백경」의 무대가 된 곳으로 스승인 이부세 마스지의 초대로 1938년 9월 중순부터 두 달 남짓 머문 적이 있다.

루타 씨를 만나지 못하고 말았다. 나중에 그 이야기를 들은 후루타 씨는 "만약 그날 만났다면 다자이는 죽지 않았을지도 몰라"라고 말했다. 이 이상 원통한 일은 없었으리라.

이런 일화는 노하라 가즈오* 씨가 쓴 『부끄럼쟁이 후루타 아키라 회상』에 기록돼 있다. 후루타 씨가 죽은 뒤 노하라 씨가 당시 관계자를 취재해 발굴한 사실이다. 후루타 씨는 생전에 이부세 마스지에게 상담하러 간 일도 다자이가 죽기 전날 찾아간 단 한 명의 사람이 자신이라는 것도 말하지 않았다. 인간의 품격이란 이런 걸 말하는 걸까. 가슴이 찌릿찌릿하다.

하지만 후루타 씨가 매력적이었던 것은 멋졌기 때문만은 아니다. 남에게 폐스러울 만큼 구구하게 흠뻑 젖어버리는 술꾼이기도 해서다.

홀딱 반해버린 작가를 온 힘 다해 지킨 탓에 회사는 점점 어려워졌다. 사원들 급료 지급도 못 하게 되자 금융업자로부터 돈을 빌렸지만 이윽고 부도어음이란 위기가 닥쳤다. 후루타 씨는 매일 돈을 마련하기 위해 분주히 돌아다녔고 녹초가 된 밤이면 술로 괴로움을 달랬다.

쇼와 20년대 후반, 후루타 씨는 신페이 씨가 '학교' 이전에 하던 선술집 '화차'에서 그저 괴로움을 털어버리고자 난폭하게 술을 마셔댔다. 과격함으로는 지지 않는 신페이 씨가 도발에 응해 저지시키거나 때론 힘에 부쳐 다 받아내지 못하면 후루타 씨는 폭주했다. 당시 '화차'를 돕던 하시모토 지요키치 씨가 쓴 『화차 부엌 수첩』에는 민폐인 줄 모르고 한밤중이나 새벽에 무턱대고 술을 마시러 오는 후루타 씨의 모습이 담겨 있다.

"탕! 탕! 탕! 탕! 탕! 탕!"

막 잠들려는 새벽녘, 조금 전부터 전쟁터에서 진퇴를 알리는 북소리처럼 간격을 두고 정문을 두드리는 사람은 세상이 다 아는 후루타 씨다.

(중략)

더는 안 되겠다, 나는 포기한다.

이 사람의 침입을 도저히 막을 방법이 없다. 이 사람은 무사다. 아마 비스듬히 기울인 얼굴, 술에 취해 몽롱해진 안경 속 눈, 굳게 다문 입, 흐트러지지 않은 자세로 태연스레 문을 두드리고 있겠지.

(중략)

바지 입는 시간도 아까워하며 뛰어나간다.

"어이! 술!"

"신페이, 있어?"

"이봐, 신페이, 일어나!"

정말 견딜 수 없다. 그야말로 태풍의 습격이다.

하시모토 지요키치 저, 『화차 부엌 수첩』

후루타 씨가 가장 즐겨 부르던 노래는 「상하이로 돌아가는 리루」였다. 상하이에서 헤어진 연인을 찾아 헤매는 남자의 심정을 그린 1951년의 유행가. 가게를 닫으려는 시간에 골목길 저쪽부터 후루타 씨의 노랫소리가 조금씩 가깝게 들려오는 것이 하시모토 씨에게는 공포였다고 한다. 같은 책에는 이 노래를 둘러싼 후루타 씨와 신페이 씨의 견해 차이가 감칠맛 나게 그려져 있다.

"어디에 있는 걸까, 리루. 누군가 리루를 모르시나요?"
당연히 나는 이 노래를 알았지만, 신페이 씨는 전혀 몰랐다. 신페이 씨는 유행가에는 도통 관심이 없었다. 오히려 경멸하고 혐오했다.
(중략)
그 신페이 씨가 이 노래에 자꾸 관심을 보였다. 하긴 그다지 평소에는 후루타 씨의 노래를 귀 기울여 듣지 않으니 신기해서 그런가 싶어 술을 데우고 있자니
"후루타다워."
"네?"

"어디에 있는 걸까, 맥주[1]인가?"

그러고는 소리를 죽이고 킥킥 웃었다.

나는 당시 이 노래를 부르는 후루타 씨의 심경이 더없이 막연하기는 하지만 짐작이 갔다. 그런데 신페이 씨에게는 노래 속에 숨겨진 후루타 씨의 감성이 전혀 전달되지 않았을 뿐만 아니라 오히려 묘한 감탄을 자아내게 했다는 점이 어쩐지 우스웠다.

"어디에 있는 걸까, 맥주" 쪽에서 시적 현실감을 느끼고 그런 노래를 후루타 씨가 부른다는 게 놀라웠던 걸까. 꽤 오랜 시간이 흐른 뒤에도 신페이 씨는 후루타 씨가 손수 지은 가사라고 생각했다.

하시모토 지요키치 저, 『화차 부엌 수첩』

시시콜콜 이야기하지 않고 그저 노래를 부르고 술을 마시며 취해가던 후루타 씨. "감성 따윈 뒈져버려라"라고 하던 신페이 씨가 그 모습을 제멋대로 오해해서 감탄하는 풍경에 히죽히죽 웃음이 난다.

어느 날 아침, 혼자 자는데 머리맡 근처에서 "땡땡" 하고 맥

---

1 리루(ㄲル)와 비루(ビール 맥주)는 발음이 비슷하다.

주 뚜껑을 병따개로 두드리는 소리가 들렸다. 어디로 들어왔는지 후루타 씨가 마음대로 냉장고에서 맥주를 꺼내 잔에 따른 뒤 두 손에 들고 있다.

"자, 지요키치, 마셔!"

때론 엄마 없는 아이처럼 말하기도 한다.

"리루는, 어디에 가더라도 없지요?"

쳐다보니 눈물범벅이다.

하시모토 지요키치 저, 『화차 부엌 수첩』

지요키치 씨가 묘사한 후루타 씨는 한없이 이상하면서도 애잔하기 그지없다. 한편으론 문예평론가인 고바야시 히데오*가 그린 후루타 씨의 사나이 격정에 못 이겨 우는 정경은 또 다른 색조를 띤다.

어느 새벽녘, 간다의 한 술집에서 이 거인이 오열하는 모습을 망연스레 지켜본 적이 있다. 뭐가 그리 슬퍼서 울음을 터트렸는지, 나는 알지 못했다. 이제는 본인조차 아무래도 좋을 시시한 일이 됐겠지만, 당시는 정말로 슬프다는 듯이 격렬하게 울어댔다. 그 순진한 모습을 보면서 나는 장관이라고 부를 만한 광경이라고 문득 생각했다.

고바야시 히데오 저, 「후루타 군의 일」, 『문예춘추』, 1974년 12월 후루타 씨를 쓴 글을 읽을 때마다 레이코 씨의 "아, 이 남자라면"이라는 표현이 되살아난다. 레이코 씨로부터 후루타 씨 이야기를 듣는 시간은 무척이나 풍요로웠다. 글러브 같은 커다란 손 얘기는 몇 번이나 해달라고 졸랐다. 맞으면 진짜로 아팠지만 그래도 기뻤어, 라고 끝나면 언제나 둘이서 '학교' 벽에 걸린 사진 속 후루타 씨를 바라봤다. 그 웃는 입매와 오른손을. 끄덕끄덕. 인생에서 "아, 이 남자라면" 하고 느낄 만한 남자는 그리 자주 만날 수 있는 게 아니다.

'학교' 벽에 걸린 후루타 씨(왼쪽)와 신페이 씨(오른쪽)의 사진.

한없이 묵묵히
신페이 씨와
보내는 시간

2010년 11월, 후쿠시마현 가와우치무라에서 신페이 씨의 23주기 법회가 있었다. 레이코 씨와 '학교'의 단골들이 함께 전차와 버스를 갈아타고 목적지로 향했다. 간식을 들고 맥주를 사서 가는 어른의 소풍이었다.

가와우치무라에는 신페이 씨가 만년에 수많은 시간을 보낸 이엉지붕의 별장 '천산문고'가 자리 잡고 있다. 주변에는 수령 천 년의 삼나무와 산청개구리가 사는 늪과 논이 내려다보이는 절 등 신페이 씨가 좋아하던 소박한 풍경이 여전히 펼쳐진다. 우리가 찾아가고 니서 불과 4개월 후에 대지진과 원전 사고에 휩쓸려 마을 주민 모두가 피난하게 되지만, 그 이야기는 일단 제쳐둔다.

절에 도착하니 정면에 신페이 씨의 사진이 걸려 있어 한 사람씩 합장했다. 레이코 씨는 지팡이를 짚고 천천히 신페이 씨의 사진 앞에 가서 웃어 보였다. 그리고 "신페이 씨"라는 한마디를 내뱉었다. 조금 쑥스러운 듯이, 응석을 부리듯이, 이제부터 즐거운 이야기를 시작하겠다는 듯이 부드럽고 요염한 목소리였다. 아아, 레이코 씨는 몇백 번이나 몇천 번이나 이렇게 신페이 씨를 불렀겠구나 싶었다.

레이코 씨의 이야기에 등장하는 신페이 씨는 언제나 온화했다. 찬찬히 단어를 고르는 레이코 씨의 표정에는 둘이서 보낸 시간의 깊은 맛이 촉촉이 스며들어 있다.

신페이 씨는 쓸데없는 말을 하지 않는 사람. 이쪽에서 무언가 묻지 않는 이상 줄곧 잠자코 앉아 있었지. 자신이 먼저 싸움으로 번질 만한 말을 꺼내지 않았어. 정말이지 불필요한 말이나 지나친 말을 입 밖에 내지 않는 사람이었어.

내가 가게를 도와주면서부터 더는 손수 술안주를 만드는 일은 없었는데, 정월에 명절 요리를 한 번 만들어준 적이 있어. 그 무렵 나는 연인이 독일에 가버려서 혼자 있으려니 쓸쓸했거든. 그래서 섣달 그믐날부터 쭉 신페이 씨의 집에서 지냈어. 야마다 씨랑 셋이서. 신페이 씨가 오라고 말해줬던가. 뭐, 신페이 씨의 경우는 오란 소리도 안 하지만 가란 소리도 안 해. 그런 느낌이었어.

신페이 씨의 명절 요리는 깔끔했어. 어느 것 하나 허투루 만든 구석 없이 정성이 가득했고 담음새까지 좋았어. 누가 봐도 아름답게 그릇에 담겨 있었지. 오히려 야마다 씨 쪽이 바쁘거나 기분이 좋지 않으면 대충대충 해버리기 일쑤였어. 그때 먹은 요리 가운데 기억나는 건 무척 맛났던 조림. 그리고 청어알인데, 참 깨끗하게 손질돼 있었어. 야마다 씨가 청어알을 절일 때면 그 내장인지 심줄인지가 잔뜩 남아 있었거든. 뭐, 야마다 씨는 신페이 씨한테 홀딱 반해 있었으니까 제멋대로 어리광을 부리다가 그렇게 된 거겠지.

신페이 씨와 둘이서 보낸 시간도 많았어. 내가 가게에 나와 있을 때, 이른 시간에 신페이 씨가 혼자 얼굴을 내밀기도 해서 함께 보내곤 했거든. 집에 갔더니 야마다 씨가 없던 적도 있고.

신페이 씨와는 아무리 오래 같이 있어도 거북하지 않았어. 둘이 있다 갑자기 "레이, 뭐라도 만들까?"라면서 요리를 해주기도 했어. 텃밭에서 손수 기른 가지나 오이로 맛있는 음식을 뚝딱 내놨지. 물론 술도 있었어. 뒷설거지는 내 몫이었어. 그 무렵에는 텔레비전도 흔하지 않고 라디오를 듣는 일도 그닥 없었으니까. 보통 후루탕이나 다로 이야기를 했던 것 같아. 뭐랄까, 은밀하게 속닥인다는 느낌이 아니라 "이런 일이 있었어" 또는 "그건 다로답네" 같은 대화였어. 그리고 기르던 개 이야기라든가 잉어 이야기라든가.

지금이야 내가 이렇게 수다쟁이지만, 후후후, 신페이 씨 앞에선 이렇게 말수가 많지 않았어. 그래서 둘이서 말없이 있기 일쑤였는데도 거북한 느낌이 전혀 안 들었어. 왜 그랬던 걸까. 아저씨와 조카딸 같아서였을까.

신페이 씨가 친척 아저씨였다면 무척 재미있었으리라. 가령 1949년에 키워준 어머니가 세상을 떠났을 때, 마흔여섯 살의 신페이 씨는 장례식에서 이런 인사를 한다.

어머니가 돌아가신 것은 안타까운 일입니다. 특히 물자나 돈도 없이 나쁜 환경 속에서 세상을 뜨신 것은 가엾기 그지없습니다. 좀 더 살아 계셔서 조금 더 마음 편히 돌아가시길 원했습니다. 하지만 지금의 상태로는 언제 즐겁게 살아가실 수 있을지 짐작이 되지 않습니다. 저세상 쪽이 평온하실지도 모릅니다. 어쨌든 지금에 와서는 정말로 저세상에서 오래도록 살아가시기를 빌 수밖에 없습니다. 그러면 '어머니 만세'를 소리 내어 외치도록 하겠습니다.

구사노 신페이 저, 「장례식의 만세」, 『신론』, 1955년 그래서 형제와 친척이 모두 모여 진지하게 만세를 불렀다고 한다. 신페이 씨는 당시 심정을 "참으로 이상하게 슬펐다"고 적어두고 있다. "저세상에서 오래도록 살아가시기를" 이라니. 만세라니. 뭐란 말인가, 이치가 맞는 듯한, 맞지 않는 듯한, 기묘하면서도 웃음을 자아내는 익살은.

신페이 씨는 1903년 5월 20일, 후쿠시마 동부 해안가에서 태어났다. 지금의 지명으로는 이와키시 오가와마치. 이와키중학에 들어갔지만 행실이 나빠서 퇴학, 도쿄로 올라와 게이오기주쿠보통부에 편입했지만 그곳에서도 마음을 잡지 못하고 열일곱 살 때 혼자서 중국 광저우로 건너갔다.

1921년 당시 광저우는 독립과 민주화운동의 거점이었다. 입학한 링난대학에서 일본 유학생은 신페이 씨 한 명. 대학 주변에는 바나나와 파인애플과 파파야가 무성하고 흑돼지가 길가 진흙에 얼굴을 처박고 울어댔다고. 그런 환경에서 신페이 씨는 돌연 시에 눈을 떴다. '기관총'이란 별명이 붙을 만큼 시를 쓰고 또 썼고 등사판으로 시집이나 동인지를 손수 만들었다.

시집이나 동인지는 모두 광저우어로 찍어내던 광저우일보사의 조그마한 취사장에서 만들었다. 집필부디 제본까지 진부 혼자서 했는데, 근처 닭이나 집오리 따위를 팔던 새시장의 공기만이 기억에 남아 있는 것은 책 만들기가 그다지 고생스럽지 않았기 때문이리라.

구사노 신페이 저, 『내 청춘의 기록』

광저우어와 영어가 뒤섞인 이국의 새시장 옆에서 바지런히 등사판 위 원지에 시를 긁었을 신페이 씨. 소리와 냄새와 열풍. 야심과 초조와 고독. 혼돈의 청춘시대가 신페이 씨 인생의 뿌리를 만들었다.

항일운동이 한창이던 때임에도 신페이 씨는 수많은 중국인 친구를 사귀었다. 광저우 시절에 가장 감동한 것은 간토대지진이 일어났을 때의 동급생들 행동이었다고. 강당에서 자치회 주최로 학생대회가 열려 학생들이 번갈아 가며 연설을 했다. "일본 정부가 중국을 침략하는 것은 반대하지만 재해를 입은 이웃을 도와주고 싶다"는 의견이 대부분으로 도쿄와 요코하마의 이재민을 위한 구호물자를 보내기로 결정됐다.

나는 일본을 중국에서 바라보며 더 잘 이해하게 됐다. 중국은 배일운동을 하면서도 재난을 당한 일본인을 구하려고 한다. 거꾸로 일본에서는 지진을 계기로 조선인을 학살하고 있다는 기사가 나오는 실정이다. 일본인이라면 적어도 당시 조선이란 나라를 동포로 여겨야 마땅하고, 그런 생각이 내 머릿속에도 있다. 그런데도 학살, 학대라니 어찌 된 일인가! 멀리서 바라보니 한층 확실히 보였다. 그에 비해 배일운동을 하면서도 일본을 향해 응원의 손을 내미는 중국, 상당히 대인이구나, 대적할 수 없음을 실감했다. 이건 큰 공부였다.

구사노 신페이 저, 『울퉁불퉁한 길』

그렇게 해서 신페이 씨는 일본과 중국 사이에서의 전쟁이 불가피해지면 자신은 총구를 일본 쪽으로 겨누기로 결심했다. 일본 정부가 하는 짓은 거지반 식민지화로 이치에 맞지 않는다고 생각했다. 스물한 살 신페이 씨의 그런 생각을 스물한 살의 대학생이던 나도 일찍이 공감했기에 논문 주제로 신페이 씨를 선택했다. "시는 짧으니 읽기 편하다"는 안이한 이유는 아니었다. 그렇다고요, 에헴.

신페이 씨,
가난 이야기

1925년 '5·30 사건'이라는 반제국주의 운동이 일어났다. 광저우에 있는 일본계 기업도 표적이 됐고 신페이 씨는 어쩔 수 없이 귀국길에 올랐다. 도쿄에 도착해서는 먼저 일본으로 건너온 중국인 시인 친구 황영*의 하숙집을 찾아 눌러앉았다. 황영은 "넌, 여기에서도 단 한 명의 일본인"이라며 웃었다. 구단시타에 있던 그 하숙집에 사는 사람들은 전부 중국인이었다.

이후 30여 년 동안 신페이 씨의 인생은 가난 속에 있었다. 그 궁핍했던 생활 일화는 장렬하면서도 역시 어딘가 해학이 느껴진다. 스물다섯 살에 결혼한 뒤 2년 남짓 군마현

마에바시에 살던 시절에는 밥상 대신 신문지를 깔고 밥을 먹었다. 한겨울에 숯을 사지 못해 벽장의 띳장이나 맹장지를 벗겨내어 땔감으로 썼다. 맹장지가 없어진 부분은 압핀으로 보자기를 고정해 가렸다. 그 신혼집에 놀러 왔던 사람이 동료 시인 이토 신키치*였다. 두 사람의 대담에서 당시를 회상하는 대목을 옮긴다.

구사노 자네가 집에 와서는 거기에 몸을 기대었잖아. 그러자 자네가 그대로 벽장 안으로 쑥 들어가 버렸지.

이토 그래, 그랬어. 고다쓰[1]에는 숯불도 안 들어 있고. 하여간 이상한 곳에 와버렸구나 싶었다니까.

구사노 누군가 준 연어 한 마리가 단 한 개의 장식이었지. 기둥에 매달아두고 한쪽부터 가위로 잘라서 먹었는데. 앞을 먹고 뒤집어 뒤를 먹고, 꼬리에서 뼈로 마지막에 대가리를 먹었어. 이는 튼튼했으니 연어 뼈 먹는 것쯤은 일도 아니었지. 연어 이빨과 내 이빨 가운데 어느 쪽이 더 단단할까, 같은 얘기를 하며 깡그리 먹어치웠잖아.

이토 응. 연어를 가위로 싹둑 잘라서 먹는 모습을 본 적이 있는걸.

---

[1] 나무틀에 화로를 넣은 뒤 그 위에 이불이나 담요를 덮는 일본의 온열기구.

구사노 그때는 식칼도 없었거든.

구사노 신페이 저, 「울퉁불퉁한 길」

너무나도 돈이 없어 하나마키에 사는 시인 동료 (안면 없음) 미야자와 겐지에게 "쌀 한 섬 부탁해"라는 전보를 치기도 했다. 신페이 씨의 머릿속에서 겐지는 베토벤을 듣고 첼로를 연주하며 대규모 농장을 경영하는 부자 이미지였다. 정작 그 무렵 겐지는 농업학교를 그만두고 홀로 농경 생활을 막 시작한 참이었다.[1] 얼마 지나지 않아 겐지로부터 "보탬이 되길"이라는 편지와 함께 농학책 한 권을 받았다.

그 후 도쿄로 돌아와 아자부에서 닭꼬치 포장마차 '이와키'를 시작했다. 하지만 아침부터 밤까지 쉬지 않고 일해도 먹고살기가 힘들었다. 아내와 자식들뿐만 아니라 남동생, 처남과 그 가족까지…… 좌우지간 부양할 가족이 너무 많았다. 닭꼬치는 한 개에 2센[2]. 손님 가운데 거스름돈 2센 또는 4센을 팁이라면서 그냥 두고 가는 사람도 있었다. 그러면 신페이 씨는 화를 내며 남의 자전거를 빌려 타고 그 손님을 쫓아가서 팁을 돌려줬다.

---

[1] 미야자와 겐지가 신페이와 편지를 주고받으며 교제를 시작한 것은 1925년. 당시 겐지는 이와테현의 한 농업학교에서 교사로 근무하며 지인이던 음악교사의 영향으로 음악 감상을 즐기거나 첼로를 배우기도 했다. 그러다 1926년에 그만두고 농민운동에 나섰다.

[2] 센錢은 엔의 1/100로 1953년에 통용 금지됐다.

"뭐야, 주는 팁을 왜 안 받는 건데?"

"팁 따윈 필요 없어. 그렇게 구질구질하게 장사 안 해."

길에서 치고받고 싸우다가 결국 유치장행. 이런 짓을 하기 일쑤라 돈을 벌 턱이 없었다. 가게 물품을 살 돈이 필요해 시집을 만들어 팔기도 했다. 애초 시만 써서는 먹고살수 없었기에 요식업을 시작했건만 여기까지 이르면 이젠 뭐가 뭔지…… 그저 필사적이라는 것만은 알겠다.

이때 신페이 씨는 중국 유학 시절과 마찬가지로 혼자 등사 원지를 긁어 시집 50부를 찍어냈다. 바로 『내일은 갠다』인데, 마지막에 실린 시 「감기에는 바람」이 "(이하 59행 생략하다)"로 느닷없이 끝난다. 수중에 있는 원지가 다 떨어진 탓이다. 시집 50부는 모두 팔렸다. 다만 현금은 쌀값으로 사라졌기에 바라던 자전거와 물품은 끝내 사지 못했다.

전쟁 중 중국 난징정부 선전부에 있다가 종전 후 전 재산을 몰수당하고 귀국. 그리고 다시 비참한 일상. 후쿠시마현 이와키에서 책 대여점 '천산'을 했고 도쿄에서 선술집 '화차'를 했다. 어느 것 하나 만족스레 먹고살 만큼의 수입을 가져다주지 않았다. 날이 저물어도 저녁밥을 할 쌀이 없었다. 그래서 뭔가 쌀과 교환할 만한 물건을 찾아내어 밖으로 들고 나가 이리저리 뛰어다니기 바쁜 생활이 이어졌다.

문제는 여전히 부양가족이 많다는 것이었다. 게다가 살길이 막막하거나 갈 데 없는 지인이 자꾸 찾아와 식객으로 들어앉았다. 한때는 열여덟 명의 대가족을 이루기도 했다. 식객이던 다카하시 아무개가 잊어버리고 두고 간 도장을 자신의 것으로 착각한 신페이 씨가 관청에 인감 신고를 했더니 관청 직원이 제대로 확인하지 않고 처리해버렸다는 이상한 일화도 있다. 때문에 신페이 씨의 인감은 사각형 안에 '다카하시도서지인高橋図書之印'이라고 적혀 있었다나. "다카하시가 누구였지? 기억이 안 나"라며 투덜거리는 신페이 씨. 한결같이 혼돈스럽다.

1950년 제1회 요미우리문학상에 선정됐을 때, 신페이 씨가 맨 먼저 한 일은 신문사로 가서 상금을 선지급 받는 것이었다. 1954년 요미우리신문 석간에 소설을 연재했을 때, 신페이 씨의 궁상맞은 모습을 보다 못한 신문사 문화부장이 "지금 당장 양복을 맞춰 입게"라고 권했지만 원고료는 빚 갚는 데 몽땅 날아갔다. 신페이 씨가 인생에서 처음으로 양복을 맞춘 것은 1956년, 쉰세 살 때라고 한다. 겨우 가난뱅이 생활에서 조금 빠져나온 참이었다. 하, 길었다.

신페이 씨,
싸움 이야기

흔히 '싸움의 신페이'란 말을 하는데, 난 신페이 씨가 멱살 잡고 싸우거나 격렬하게 말다툼하는 장면을 본 기억이 거의 없어. 술에 취하면 꽤 끔찍한 몸싸움도 했다고 하잖아. 젊었을 적엔 그랬는지 몰라도 내가 아는 신페이 씨는 그런 일 없었어, 응.

다만 있잖아, 맨정신일 때는 아무 말도 못 하면서 술이 들어가면 시비를 걸어오는 사람 말이야. 그런 사람이 있으면 신페이 씨는 "자넨, 그렇게 생각해? 근데 난 이런 인간이고 이렇게 생각해"라고 확실히 이야기했어. 비록 그 때문에 싸움 비슷한 분위기가 된다고 해도. 나는 신페이 씨의 말이

옳다고 생각하며 듣고 있었지. 대체로 신페이 씨에게 시비를 거는 남자는 내가 싫어하는 사람이었거든, 후후후.

레이코 씨는 자주 "내가 아는 신페이 씨는 싸움 따윈 안 했어. 술에 취해 심하게 격투를 벌인 건 젊었을 적 이야기"라고 말한다. 하지만 신페이 씨는 싸움 잘하기로 유명하다. 특히 선술집 '화차' 주인 시절에 싸운 일화는 수두룩하다. '화차'를 운영한 것이 마흔아홉 살부터 4년 동안이니 확실히 말해 전혀 '젊을 때'가 아니다.

신페이 씨를 도와 '화차'의 부엌을 담당했던 하시모토 지요키치 씨에 따르면 카운터 안에서 몸을 내밀어 손님의 멱살을 잡은 채 "너, 가!"라고 고함치기 일쑤였다. 때로는 손님끼리 험악한 분위기가 연출되기 무섭게 "내가 맡을게"라며 맨 먼저 밖으로 나갔다. 보통 술집 주인아저씨는 손님의 싸움을 말리는 역할이건만, 손님 대신 자신이 싸우면 어떡하느냐고 주변인들이 어이없어했다나. 손님으로서 '화차'를 드나들던 시인 야마모토 다로 씨는 이렇게 증언하고 있다.

"신페이 씨의 카운터 뛰어넘는 기술은 굉장했어!"

술을 마시러 온 근처 고깃간 아저씨가 "난 초등학교밖에 못 나왔어"라고 몇 번이나 말하자 신페이 씨가 눈썹을 추켜세우며 "초등학교가 뭐 어때서, 이 우툴두툴한 놈아!"라고 호통쳐서 싸움으로 번지기도 했다. 그런가 하면 지쿠마쇼보의 사장 후루타 씨와 화려한 드잡이를 벌이기도 했다. 후루타 씨의 머리를 하도 잡아당겨서 신페이 씨의 손가락 사이에 머리칼이 한 뭉텅이 끼어 있었다나. 미술평론가 아오야마 지로와의 대혈투는 지금까지도 사람들의 입에 오르내린다. 싸움의 원인은 "호랑이와 사자, 어느 쪽이 좋은가"라는 논쟁이었다. 뭐야, 그게!

그래도 신페이 씨의 노여움은 이치에 맞았다고 다로 씨는 말한다. 신페이 씨가 싫어하는 사람은 알랑거리는 녀석, 으스대는 녀석 그리고 언어를 소중히 여기지 않는 녀석. 다로 씨 본인도 언어 문제로 하마터면 신페이 씨에게 혼날 뻔한 적이 있다.

'화차'에서 딱 한 번, 야단맞을 뻔한 적이 있다. 이야기를 하다가 "그런갑더이다"라고 대꾸했더니 신페이 씨가 "뭐!"라며 발끈했다. 아직 이쪽은 젊다. "어린 주제에 노인네 말투를 쓰다니"라고 신페이 씨는 목소리를 높였다. 내가 "이건 규슈 사투리예요"라고 하자 "그래?"라면서 다행히 혼나지 않고 끝났다. 이렇게 곧바로 "뭐!"가 날아온다. 아무튼 잠시도 방심할 틈이 없다.

야마모토 다로의 발언, 구사노 신페이 저, 『울퉁불퉁한 길』

젊은 사람이 일부러 어미에 예스러운 표현을 붙이면 신페이 씨의 기준으로는 이미 아웃이다. 하지만 그것이 사투리임을 알면 자연스러운 말투이기에 세이프. 시인의 판정은 참으로 미묘하다. 그렇지만 왠지 모르게 이해도 간다.

나중에는 도쿠리[1]를 '도구리'라고 발음해서 혼난 사람도 있었단다. "자네, 도쿠리는 '도쿠리'라고 말해. '도구리'라고 하면 누가 기뻐해? 말하는 사람도 달갑지 않아, 듣는 사람도 달갑지 않아, 도쿠리 자신도 달갑지 않아. 어째서 자네는 그렇게 말하는 거야!"

도쿠리 자신도 달갑지 않다, 라는 것이 그야말로 신페이 씨답다. 신페이 씨에게는 동물도 꽃도 바위도 그리고 도쿠리도 인간인 것이다. 신페이 씨의 명언 "강아지도 인간이다"가 튀어나온 곳도 '화차'였다. 하시모토 지요키치 씨의 회상을 인용한다.

…… 어느 날 밤, 내가 포럼을 거둬들이는 틈을 타서 개 한 마리가 가게 안으로 뛰어 들어왔다. 찬찬히 보니 아직 성견이 되지 않은 매우 사람을 잘 따르는 강아지다.

자칫하다가는 이대로 강아지가 가게에 눌러앉아서 내 담당

---

1 일본주를 덜어 마시는 호리병 모양의 작은 술병.

이 될지도 모른다는 나쁜 예감이 순간 들었다. 주인이 알아채지 못하는 사이에 "쉿, 쉿" 하며 내쫓으려고 하는데, 카운터에 엎드려 있던 신페이 씨가 술에 취해 몽롱해진 눈으로 이쪽을 바라보며 말했다.

"무, 무슨 짓을 하는 거야? 빨리 문 닫아!"

마치 '강아지 주인에게 발각되면 데리고 가버리잖아'라고 말하려는 듯이.

"강아지도 인간이다."

"?"

"배고플 때는 누구라도 마찬가지다."

그러고는 냉장고에 넣어둔 혀(소 혀 간장 절임)를 꺼내 그 녀석에게 주면서 무언가 자꾸만 말을 걸었다.

하시모토 지요키치 저, 『화차 부엌 수첩』

신페이 씨,
잉어와 사랑 이야기

　"신페이 씨는 이름 짓기의 천재"라고 말한 사람은 다로 씨다. 시 속에 등장하는 개구리에게 '루리루', '구리마', '고비랏후', '게리게', '밧푸쿠돈'이라는 이름[1]을 지어주고 자신의 가게에는 '이와키', '천산', '화차', '학교'라는 이름을 붙였다. 가게에 내놓는 술과 안주는 '하늘', '귀', '숨', '만월', '백야'라고 명했다.

　소중한 것에 이름을 붙인다. 그건 이 시인이 세상을 사랑하는 방법이었다.

---

[1] 모두 개구리에서 연상되는 의성어나 의태어를 가지고 만들어낸 이름.

한평생 참으로 많은 동물을 사랑했다. 그때껏 기른 개에게는 '간쿠라', '아리', '노랑', '단', '검정'이라는 이름[1]을 붙여줬다. 이 외에 부엉이는 '후우', 꿩은 '샤라쿠', 흰비둘기는 '샤루리', 산비둘기는 '루루'와 '리리', 매는 '단파치', 솔개는 '다카쿠라', 까마귀는 '구우', 싸움닭은 '스탕', 잉어는 '사부로', '아베베', '검은후지', 참개구리는 '다비드'라는 이름[2]으로 불렀다.

'다카쿠라'는 솔개지만, 신페이 씨는 얼마 동안 매라고 생각했던 모양이다. 그래서 저런 이름을 붙였다. 날개를 활짝 펼치면 1미터 40센티미터나 되는 대장부였다. 이 다카쿠라가 몇 번이나 탈주했다. 그러면 전선에 휘감겨 몸부림치는 것을 누군가 포획해 파출소에 가져다주거나 때로는 신페이 씨 집으로 지인이 "다카쿠라 발견"이란 전보를 치거나 했다. 그때마다 신페이 씨는 마음을 졸이는 둥 기뻐하는 둥 야단법석을 떨었다.

정원 연못에 사는 잉어들도 또 신페이 씨의 소중한 친구

---

1 '간쿠라'는 자신의 젊은 시절 필명 기타야마 간쿠라(北山癌蔵)에서, '아리'는 티베트에 위치한 고원 지대 이름에서, '단'은 친구 작가 단 가즈오에서 따왔다.
2 '샤라쿠'는 에도시대의 화가 도슈사이 샤라쿠(東洲斎写楽)에서, '샤루리'는 동티베트에 위치한 만년설 산맥의 이름에서, '단파치'는 메이지시대의 현악기 연주자 도요자와 단파치(豊沢団八)에서, '다카쿠라'는 매를 뜻하는 '다카(タカ)'에 이름에 흔히 쓰이는 '쿠라(蔵)'를 합쳐서, '스탕'은 붉은 볏과 검은 깃털이 『적과 흑』을 떠올리기에 스탕달의 이름을 따서, '사부로'는 좋아하는 근대화가 우메하라 류자부로(梅原龍三郎)에서, '아베베'는 에티오피아 마라톤 선수 아베베 비킬라의 이름을 따서 지었다.

였다. 이런 문장을 남기고 있다.

사부로가 죽은 지 벌써 두 달이 되어간다. 사부로는 길이 50
센티미터짜리 잉어였다. 연못 속으로 손을 넣으면 사부로는
옆구리로 내 손을 스치면서 헤엄쳐 갔다가 다시 돌아와서는
내 손을 스치고 다른 쪽으로 헤엄쳐 간다. 그런 일을 자주 되
풀이했다. 때로는 물 위로 떠올라서는 내 엄지손가락을 입에
대고 쭉쭉거리며 핥기도 했다. 그 사부로가 이제 없다. 하지
만 사부로의 입이나 몸통의 감촉은 눈을 감지 않아도 아직
떠오르고 얼굴도 기억난다. (중략)
사부로는 호인이었다. 겉보기에는 토실토실 살이 올라서 암
컷일지도 모르겠다고 생각했는데, 죽은 후 해부한 결과 수컷
이었다. 호인이긴 했지만 내강외유한 성격이었나 보다.

구사노 신페이 저, 「훌륭하도다 사부로!」, 도쿄신문, 1964년

죽은 잉어를 "그 녀석은 호인이었다"며 그리워하는 모습
이 과연 신페이 씨답다. 몸이 약해진 사부로에게 깨물어 잘
게 부순 알리나민을 먹였음에도 병구완한 보람 없이 하늘
나라로 갔다.

환갑도 한참 지났을 무렵 쓴 시 「잉어나라」에도 잉어들을
애면글면 병구완하는 모습이 그려져 있다. 눈이 오는 날,

추위에 약한 연못의 잉어들(맘모스, 이자나기와 이자나미[1], 검은후지 등)을 우물물 채운 욕조로 옮겨준다. 한밤중에 욕실로 상태를 살펴보러 오니 잉어들이 쓰러져서 괴로워하고 있다. 신페이 씨는 허둥지둥 물을 데워서 욕조에 쏟아붓고 잉어를 안아 올려 입에 소금을 물린다. 그때 잉어들을 격려하며 연이어 외치는 "일어나라. 일어나라" 구호는 무시무시한 면이 있다. 정말로 '잉어도 인간'인 것이다. 레이코 씨가 들은 '잉어 이야기'도 이와 비슷한 일화일지도 모른다.

그런데 시인 소우 사콘은 이런 말을 한다.

> (신페이 씨는) 진정한 의미의 연애를 하고 있지 않아요. 그의 신세를 망칠 정도로는요. 살아 있는 것과는 해봤겠죠. 솔개나 잉어요.
>
> 『현대시 독본 구사노 신페이』

신페이 씨는 여자를 좋아하고 매력이 있었기에 인기가 있었다. 하지만 연애를 쓴 시는 거의 없다. 몹시 마음을 애태울 만큼 사랑을 했다고 하면 그 상대는 여자가 아니라 솔개이거나 잉어였다고 소우 사콘은 추측하고 있다.

---

1 '이자나기', '이자나미'는 일본 신화에 등장하는 신. 쌍둥이 남매인 둘이 결혼하여 일본을 창조했다.

이 글을 읽고 떠오른 기억이 있다. 옛 '학교'의 일을 자세히 아는 한 출판사 사장을 만났을 때 그 사람도 비슷한 말을 했다.

"신페이 씨에게 여자는 별로 중요하지 않았다고 생각해. 그저 옆에 있는 여자를 안고 만지며 함께 살았을 뿐. 신페이 씨에게 소중한 것은 시와 남자였어. 여자에게 영감을 받거나 홀딱 빠져 정신을 못 차린 적은 없지 않았을까."

'학교'를 하기 몇 년 전부터 신페이 씨는 아내가 아닌 열아홉 살 아래의 연인 야마다 히사요 씨와 같이 살고 있었다. 야마다 씨는 20대 무렵에 간다 진보초에 있는 '랭보'[1]에서 일을 했다(같은 시기 작가인 다케다 다이준의 아내가 된 유리코 씨도 '랭보'에서 일했다). 아름다운 사람이었던 것 같다. 신페이 씨는 야마다 씨를 '챠코'[2]라고 불렀다.

'학교'를 시작할 때, 신페이 씨의 머릿속에는 '챠코가 있으니까 가게를 해보자'는 생각이 있었지 싶다. 개점 준비도 두 사람이 중심이 되어 진행했다. 실제로 신페이 씨가 나이가 들어 카운터에 서지 못하게 되자 야마다 씨가 가게를 꾸려갔다. 그리고 일을 돕다가 머지않아 물려받은 사람이 레

---

[1] 1953년에 개점한 찻집으로 엔도 슈사쿠의 단골가게이기도 했다. 지금은 '밀롱가'라는 탱고바로 바뀌었다.
[2] 만화잡지 『소녀의 친구』 1934년 8월호에 실렸던 「피치코와 챠코 호반의 한 여름」이라는 만화의 주인공. 일본 소녀만화의 원조로 알려져 있다.

이코 씨였다. 오래된 손님은 레이코 씨는 아이처럼 천진난만한 구석이 있는 반면 야마다 씨는 한층 어른스럽고 차분한 인상이었다고 말한다.

레이코 씨의 이야기에 등장하는 야마다 씨는 연인 앞에서 토라지거나 까불기도 하는 귀여운 사람이다. 어떤 면에서는 나이 차이가 많이 나는 사람과 연애를 한 레이코 씨 자신을 투영하고 있는 것처럼 보이기도 한다.

야마다 씨는 시간관념이 희박한 사람이었어. 그 일로 신페이 씨와 자주 다투곤 했지. 매번 제시간에 안 오니까, 약속 시간을 한 시간 빨리 알려줘도 봤는데 또 늦는 거야. 자신이 잘못하고 있다는 의식이 별로 없는 것 같았어. 반대로 신페이 씨는 약속을 어기거나 하는 사람이 아니었어. 그러니 야마다 씨는 신페이 씨에게 정말이지 너무 응석을 부린 셈이지. 말다툼하는 모습을 몇 차롄가 본 적 있거든. 뭐, 신페이 씨는 필요한 말만 하고 그 이상 장황하게 떠드는 성격이 아니었기에 야마다 씨가 "네! 알겠습니다!"라고 말하면 그걸로 끝이었어, 후후후.

처자식이 따로 있는데도 신페이 씨랑 야마다 씨는 죽을 때까지 함께했으니, 그건 그것대로 멋지다고 생각해. 물론 그 사실을 알면서도 이해해준 부인 쪽이 더욱더 멋지지만 말이야. 결국은 신페이 씨에게 그만큼의 매력이 있었다는 얘기잖아. 남녀의 매력이란 게 당사자들밖에 모르는 것이긴 해도.

신페이 씨와 야마다 씨. 둘 다 내게 다정하게 대해줬는데, 두 사람 중 한 사람을 선택하라고 하면 역시 신페이 씨를 고를래. 신페이 씨는 나쁜 점도 많았지만 매력도 그만큼 많았거든. 그렇게 여러 가지 일을 하면서도 모든 일에 늘 진심이었지.

여자에게 있어 중요한 것은 사랑임에 틀림없다. 잉어 따위 알 바 아니다. 인생의 우선순위 맨 아래쪽에서 멋대로 헤엄치면 그만이다. 하지만 신페이 씨한테는 잉어와 사랑 어느 쪽이 소중했던 걸까, 과연.

4장
레이코 씨의 사랑

옛날이야기를 듣는 도중에 내가 시간 순서를 정리하려고 "그거 언제 적 이야기?"라고 물으면 레이코 씨는 웃으며 대답한다.

"후후, 아직 젊었을 때일걸. 하이힐을 신고 있었지."

"후후, 모자도 쓰곤 했어요?"

"쓰고말고. 내가 한껏 멋을 내던 시절이거든."

요컨대 확실히 기억하고 있지 않다. 이건 꼭 나이 탓만은 아니라고 생각한다. 언제나 눈앞의 일에 마음을 뺏기며 살아가고 천성이 대범한 구석은 나도 레이코 씨와 닮았기에 잘 안다.

"나 말이야, 몇 살에 결혼하고 몇 살에 아이 낳고 그런 자릿점이 없잖아. 그래서 옛날 일을 떠올릴 때 자세한 순서 따윈 모르겠어."

이런 변명도 매우 이해가 간다. 하지만 어린 시절의 이야기가 되면 달라진다. 레이코 씨는 무척 정성껏 기억하고 있다. 1932년 4월 19일 태어난 여자아이는 봄꽃이 흐드러지게 피는 생일이 돌아올 때마다 키가 커지고 머리칼이 길어지며 자유를 사랑하는 여인이 되어갔다.

태어나기 전부터
양딸로 보내질
운명이었다

태어난 곳은 고리야마에서 어물전을 하는 상인 집안이었
어. 싱싱한 생선이나 건어물 따위를 팔았지. 메이지시대[1]에
태어난 아버지는 사실 브라질에 가서 커다란 사업을 하고
싶었대. 근데 거기까지 가지 못한 채 고작 고리야마였지. 아
버지는 이노우에 기하치로, 어머니는 도요.

오빠와 언니 두 명, 아기 적에 죽은 남동생 그리고 여동
생이 있었어. 이 오빠가 말이지, 팔이 안으로 굽는다곤 하지
만 상당히 똑똑했어. 학교에서 언제나 1등을 차지해서 좌우

---

[1] 일본의 연호로 1868년 1월 3일부터 1912년 7월 30일까지를 가리킨다.

간 부모님한테는 자랑스러운 아들이었지.

부모님은 내심 오빠가 가업을 물려받길 바랐지만, 오빠는 장사라면 질색을 했더랬어. "어서 오세요"라며 손님에게 머리를 굽히는 일이 불가능한 사람이었거든. 학교를 졸업하고 나서 공무원을 하다가 독립해서 경리인지 뭔지 하는 일을…… 뭐라고 하더라, 세무사? 그래, 그걸 했어.

밑에 여동생도 똘똘한 편이었어. 수학에서 '수'를 맞을 정도. 나중에 데릴사위를 얻어 가업을 이어받았지. 형제 가운데 굼뜬 사람은 장녀인 첫째 언니와 나. 품질 좋은 아이와 품질 나쁜 아이가 번갈아 가며 나온 거야, 후후후.

실은 태어나기 전부터 나는 "여자아이든 남자아이든 아키타로 보낸다"고 결정돼 있었어. 아버지의 누이동생이 아키타 고사카광산 집안으로 시집을 간 지 한참이 지났는데도 아이가 생기지 않았던 모양이야. 우리 집에는 오빠와 두 명의 언니가 있었으니까, 아버지가 "다음에 낳는 아이는"이라고 약속을 해버린 거지.

그쪽 집에선 태어나자마자 곧바로 데려가려고 했대. 한데 친어머니가 좀체 놔주질 않았나 봐. 그사이 두 살 터울 남동생이 갓난아기일 적에 죽고 몇 년 지나 아홉 살 터울 여동생이 태어났지. 그제야 나를 보내줄 마음이 들었다고 해.

태어날 때부터 정해진 일인 데다 여름방학이 오면 형제

들과 같이 양어머니 집에 놀러 가기도 해서인지, 언니 둘과 싸우면 늘 이런 말로 끝났어.

"너란 아이, 빨리 아키타에나 가버려!"

가족 전부 내가 아키타에 가는 일을 그렇게 당연하게 여겼어. 나도 언젠가는 가야 함을 알았기에 특별히 슬프단 생각은 안 하고 살았어. 하지만 막상 아키타로 향하는 기차에 올라탄 순간 느낀 그 불안감은 지금도 잊지 못해.

초등학교 4학년부터 아키타에서 다녔어. 당시는 국민학교라고 불렸는데, 고사카국민학교였던가. 양아버지의 이름은 나카무라 죠스케. 무척 의지가 되는 사람으로 친척 모두가 "죠스케 아저씨"라며 잘 따랐어. 나한테는 아버지라기보단 할아버지뻘쯤 되는 나이셨지.

틀림없이 양부모님들은 나를 어떻게 대해야 좋을지 몰랐을 거야. 나는 어쨌든 "아키타에 가면 영리하게 굴어 모두에게 귀여움을 받도록"이란 말을 늘 듣고 자랐으니까. 그런 거, 내가 좀 잘했거든. 후후후. 뭐, 남다른 일을 안 해도 "나카무라 씨네가 데려다가 키우는 아이"라며 친척도 이웃도 다들 상냥하게 대해줬지만. 그래도 한밤중에 눈이 떠지면 외로운 거야, 울기도 많이 울었지.

…… 아, 겨자 사는 거 깜빡했다. 무 삶았는데. 편의점에 가서 겨자 사갖고 올게.

아키타 광산에서
아가씨로
고이 자라다

전쟁 전이나 전쟁 중인 고사카는 이상한 동네였어. 광산을 관리하는 도와광업 직원들 사는 데가 완벽히 구분돼 있었거든. 산 위쪽은 부장급, 후루다테라는 지역은 과장급, 일반 노동자는 연립주택이 늘어선 곳. 어디에 사느냐에 따라 아버지의 지위를 알 수 있는 거야. 광산을 직접 운영하던 양아버지가 산 위쪽에 사는 멋진 담이 쳐진 집들과 알고 지냈다면 나는 연립주택에 사는 아이들과 친구 사이였지.

아키타의 양아버지는 과묵한 사람이었어. 그렇다고 해서 딱히 거북한 느낌이 들진 않았어. 남자란 쓸데없는 말을 안하는 존재구나, 라고 쭉 생각했을 정도였지. 상당한 멋쟁이였어. 일 때문에 도쿄에도 자주 갔어. 수염을 길렀고 책을 잔뜩 갖고 있었어. 고리야마의 친아버지와는 완전히 다른 타입의 사람이었지.

양어머니는 낭비가 심한 사람이었어. 광산이란 게 금전 기복이 심한데 살림이 쪼들린다 싶으면 오빠네 집, 즉 내 친부모님한테 얼마간 돈을 꿨던 모양이야. 근데 빌린 돈으로 당당하게 자신의 옷감을 사러 가기도 했나 보더라고. 후후후, 보통내기가 아니랄까.

고리야마 가족들은 내가 사치를 즐기고 낭비벽이 있는 게 양어머니 버릇을 그대로 물려받아서라고들 말해. 나 말고 다른 형제는 모두 견실하고 또박또박 저축하고 결코 남에게 폐를 끼치거나 돈을 빌리는 일 따윈 하지 않거든. 그에 비해 난 원하는 물건이 있으면 곧장 사버리잖아.

친어머닌 줄곧 "레이코는 아키타에서 자라는 바람에 낭비벽이 생겼어. 아키타로 보낸 탓에 시집도 못 갔어"라고 생각했을지도 몰라. 정확히 그렇게 말한 적은 없지만 언뜻 비슷한 말을 흘린 적이 있는 듯해. 그리 여겨져도 어쩔 수 없지, 뭐. 아키타에 가지 않았다면 난 재미있지도 이상하지도 않은 인생을 살았을 테니까. 아무 생각 없이 시집을 가서…… 틀림없이 이혼했겠지만.

여학교에 들어간 그해 8월, 전쟁이 끝났어. 종전하는 날은 "낮부터 천황의 방송이 있다"고 해서 가족이랑 사무소 종업원이랑 식모 언니랑 일하는 할멈이랑 모두 모여서 들었어. 천황이 직접 하는 말이니 단정히 앉아서 귀 기울였건만 뭐라고 하는지 영 모르겠더라고.

양아버지는 메이지시대에 태어난 고지식한 사람답게 가타부타 말이 없었어. 그렇다고 침울해 보이지도 않았어. 다들 이 전쟁은 도저히 이길 수 없다고 어렴풋이 느꼈던 걸까. 학교에 갔는데도 우는 사람이나 비통한 표정을 짓는 사람이 없었거든.

이웃한 아오모리 군항은 공습을 호되게 당했건만 고사카는 공업지대인데도 공습 대상이 된 적이 한 번도 없어. 고사카엔 미국인 포로도 있었는데 말이지. 광산 일을 시켰대. 마을에서 멀리 떨어진 곳이라 일하는 모습을 직접 보진 못했…… 어쩌면 그들 때문에 공습을 안 한 건가?

광산이 있는 고사카는 전쟁 중에는 나라로부터 지원받은 덕에 다른 지방보다 경제 사정이 좋았어. 전쟁이 끝난 뒤에도 얼마간 전후 복구를 위해 광석이 필요하니까 또 좋았고. 우리 집도 아버지가 도와광업에 광석을 납품해서 한때 떵떵거리며 잘 살았더랬어. 근데 몇 년쯤 지나자 개인이 운영하는 영세기업은 채산 맞추기가 어려워졌고 결국 도와광업에 광산권을 팔아버렸지. 그렇게 집안이 몰락해갔어.

학제가 바뀌어 여학교를 졸업한 건 열여덟 살 때. 그 뒤 아오야마가쿠인단대에 들어갔어. 국문학과였어. 당시 작은 어머니가 이바라키의 히타치에 사셨는데, 거기에 좋아하는 사촌이 있었어. 상당히 멋진 남자라서 내가 마음에 들어 했지. 그 사촌이 아오야마가쿠인대학 상학부를 졸업했거든. 그게 아오야마가쿠인단대에 가면 좋겠다고 생각한 이유야.

교토여자대도 붙긴 했는데, 아무리 봐도 너무 먼 거야, 아키타에서. 그즈음 점차 우리 집 살림이 쪼그라들기 시작했으니까, 그다지 멀지 않은 곳이 좋겠단 속내도 조금은 있었을지도. 진심으로 국문학을 공부하려는 마음이었다면 교토

쪽을 선택하지 않았을까.

양아버지는 교토든 도쿄든 어디든 상관없다고 말씀하셨어. 2년간, 네 마음 가는 대로 살아도 좋다고. 2년 지나면 나로 하여금 데릴사위를 얻어 가업을 이어받게 할 작정이셨던 거지. 맞선도 몇 번이나 봤다니까. 단대에 다닐 때였는데, 히타치의 작은어머니가 아들 친구를 몇 명이나 소개해 주셨어. 하지만 어느 사람을 만나든 재미가 없는 거야. 히타치제작소에서 일하는 성실한 회사원들, 이 사람과 일생 같이 산다면 싫증날 법한 남자들뿐. 난, 그 무렵부터 이미 제멋대로였어.

그사이 아키타의 집은 점점 가세가 기울어갔어. 사업이 어려워져서 아버지는 급기야 광산권이랑 땅을 도와광업에 팔아넘기고 마셨지. 뭐, 부모님 두 분이 생활하는 데 곤란할 정도는 아니었지만, 데릴사위를 얻어 집안을 잇게 한다는 이야기는 날아간 거야. 나도 한번 도쿄에 나와 보니 이제 시골에선 살 수 없다는 생각이 들었어. 뭐랄까, 건방졌지. 후후후.

마침 도쿄에 올라온 4월에 우타에몬 가[1]의 이름 계승식과 기념 공연이 열렸어. 작은어머니가 데려가서 구경을 시

---

[1] 일본 가부키의 명가 가운데 하나로 초대는 나카무라 우타에몬(中村歌右衛門 1714~1791).

켜주셨지. 또 기숙사에서 사는 친구 가운데 문학이나 가부키를 좋아하는 사람이 있어서 그녀의 손에 이끌려 보러 다녔어. 그러는 사이에 홀딱 빠져버렸지 뭐야. 대학의 가부키 연구회에도 드나들 정도였다니까.

처음에는 공연 첫날, 중간 날, 최종일이면 예복을 차려입고 제대로 표를 사서 좌석에 앉아 봤어. 그러다 후에 분장실 아저씨와 친해지면서 무대 뒤에서 보게 됐지. 그때는 지금만큼 무대 관리가 엄격하지 않았거든.

나는 뭐가 어찌 됐든 에비 님[1](11대 이치카와 단주로)이 좋았어. 어디가 마음에 들었던 걸까……. 차남인 고시로는 학교 성적도 뛰어나고 연기도 실수 없이 멋지게 해내는 사람이었어. 삼남인 쇼로쿠는 소탈하고 익살스러웠고 무엇보다 춤의 세계에서 인정받는 사람이었지. 근데 장남인 에비 님만은 언제나 자신이 없어 보이는 거야. 왜 그랬을까? 단주로라는 이름을 계승하기까지…… 아니 결국 죽을 때까지 그런 분위기를 풍겼어. 아버지의 기대에 부응하지 못해서였는지도 몰라. 저기, 뭐라나…… 이건 나의 제멋대로 해석이야……. 가련하다고 해야 할지, 가부키의 화려한 세계 속으

---

[1] 일본 가부키의 명가 가운데 하나인 이치카와 가의 계승자로 본명은 호리코시 하루오(堀越治雄 1909~1965). 이 가문은 초대 이치가와 단주로(市川團十郎 1660~1704)의 이름을 딴 최고 예명 단주로, 그다음 순으로 에비조(海老藏) 등이 있는데, 그는 에비조 시절 '꽃의 에비 님'이라 불리며 큰 인기를 끌었다. 이후 1962년 최고 예명을 받았다.

로 아무래도 녹아들지 못하는 기색이라고 해야 할지. 거기에 끌렸던 걸까?

그 무렵에 에비 님이 히카루 겐지를 연기한 「겐지이야기」를 봤는데, 재능이야 어찌 됐든 간에 참으로 아름다웠어. 보고 있으면 넋을 잃을 만큼 정말 아름다웠어. 민얼굴도 말이야, 늘 아래를 바라보는 외로운 느낌이 났거든. 그게 또 아무튼 좋았어. 우울하다고 해야 할지, 환하게 반짝이지 않는 면이 사랑스러웠어. 후후후.

호리 다쓰오를 동경해
신슈에서 지낸 여름

아키타에 사는 부모님은 내가 고향에서 학교 선생이나
뭔가 건실한 직장에 취직해서 자신들과 함께 착실하게 살아
가길 원하셨을 거야. 그러니 어찌 생각이나 했으랴. 이쪽이
연극에 미쳐버릴 줄은.

여름방학이 왔는데도 아키타에 돌아가서 오래 머물 마
음이 안 들더라고. 그래서 신슈의 오이와케에 있는 아오야
마가쿠인 여자기숙사로 달아나버렸어. 호리 다쓰오*나 다치
하라 미치조* 등이 머물던 '아부라야'라는 오래된 여관에도
묵었는데. 친구들과 함께 있던 기억이 없으니 아마 혼자 갔
던 것 같아.

호리 다쓰오를 굉장히 좋아하던 나는 오이와케에 간다면 호리 다쓰오의 아내인 다에코 여사를 꼭 만나야겠다고 마음먹고 있었어. 밤 기차를 타고 아침에 오이와케에 도착해선 역부터 어슬렁어슬렁 '아부라야'까지 걸어갔지. 그러고는 다에코 여사를 만나러 집을 찾아갔더니 다에코 여사가 기분 좋게 맞이해주시는 거야. 틀림없이 나처럼 무작정 찾아온 사람이 또 있었을 테지.

처음엔 친밀한 사이가 될 거란 느낌은 없었어. 근데 다에코 여사가 지인이 도쿄 아사가야에 살고 있다면서 나중에 그 집에 가서 심부름 좀 해줄 수 있겠느냐고 부탁하시는 거야. 그걸 계기로 다에코 여사의 집으로도 일을 도와주러 종종 찾아가곤 했어. 뭔 일이 생기면 전화가 왔어.

"지금 한가하면 좀 도와줬으면 좋겠는데."

이런 식으로 말이야. 돕는다고 해봤자 대단한 일을 한 건 아니야. 가벼운 마음으로 청소나 식사 정리를 도운 정도야. 적극적으로 사람을 만나는 타입은 아니지만, 호리 다쓰오가 좋아서 그 미망인도 만나고 싶단 생각에 찾아간 건데…… 그 뒤의 일은 정말 우연이었어. 이래서 인생이 재미있나 봐.

당시 내 머리칼은 등을 지나 허리까지 닿았어. 파마 같은 건 일절 안 했거든. 요컨대 연극이나 다른 것을 하며 노는 바람에 파마할 돈이 없었으니까. 긴 머리칼은 빗으로 빗기만 하면 단정히 정리되니 간편하기도 했고.

나 말이야, 학교를 졸업하고 나서 제대로 된 일을 한 적이 없어. 가부키 일을 도와주거나 다에코 여사의 일을 도와주거나 아키타의 양아버지 친구가 하는 회사에서 전화 담당을 하거나. 그래서 나이가 어느 정도 들어서는 주위에서 "빨리 가정을 가지라"고 잔소리를 해댔어. 뭐, 시골 사람들이니까, 가부키 따윈 관심도 없고 잘 몰랐지. 지금 무슨 일을 하는지 설명을 해도 어찌할 도리가 없었어.

도쿄라는 도시는 내 쪽이 싫어지지 않는 한 어디에 있든지 상관없어, 라는 분위기잖아. 그치? 그런 곳이기에 마음 편했어. 양아버지의 건강이 나빠진 뒤에도 여전히 그런 생활을 하며 아무 도움도 못 줬어. 참 형편없는 딸이네.

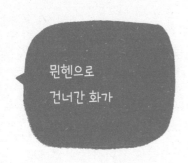

뮌헨으로
건너간 화가

　화가였던 연인은 친구의 친구로 알게 됐어. 오이타 출신
으로 나보다 한 살 많았지. 연극을 좋아했는데, 뭐, 그는 오
로지 민예였지만 말이야. 그런 이야기를 하는 게 즐거웠어.

　그러다 그가 그림 공부를 하기 위해 유럽에 가고 싶다는
말을 꺼냈어. 그 무렵에는 아직 유학이 그렇게 간단하지 않
았고 또 규슈에 있는 그의 고향 집도 유럽에 보내줄 만큼
넉넉하지 않았으니까. 결국 국비유학생 시험을 쳐서 갔어.
그림 공부라면 파리나 로마에 가면 좋았을 텐데, 어째서인
지 목적지가 뮌헨이었지. 본인이 희망한 건지 아니면 배정
받은 건지, 잘 모르겠어.

2년 예정으로 떠났다가 도중에 건강이 나빠지는 바람에 1년 반 정도 후에 돌아왔어. 그러고는 도쿄에선 더는 살 수 없다면서 오이타 쪽으로 이사를 가버렸어.

그림은 그 뒤에도 계속 그렸던 것 같지만, 유명해질 정도는 아니었던가 봐. 재능이 없었을 수도 있고 혹은 몸이 약해져 그림을 제대로 그릴 수 없었을 수도. 나는 그가 그리는 온화한 그림을 무척 좋아했지만…….

사실 오이타로 찾아간 적도 있어. 하지만 그쪽에서 함께 살아갈 마음은 들지 않았어. 그도 좋아한다고는 했지만, 그의 집안에서 보면 다 망해가는 아키타 광산 집안의 딸을 며느리로 삼아봤자 조금도 좋을 게 없으니까. 머지않아 헤어지자는 말이 나왔지.

근데 말이야, 그 사람이 뮌헨에 가버린 뒤 쓸쓸한 마음을 달래려고 신페이 씨가 시작한 '학교'에 간 거잖아. 세상일이란 참 이상하기 그지없네.

모든 일어나는 일은 의미가 있기에 인생은 계속된다. 레이코 씨의 옛날이야기를 듣고 있으면 그런 생각이 든다.

열 살에 친부모와 다른 형제와 헤어져서 달랑 홀로 아키타의 집으로 보내진 레이코 씨가 느꼈을 기댈 곳 없는 심정은, 어쩌면 후일 쓰지 마코토가 스스로 "소생은 탄생부터가 식객이었고, 식객으로서 자랐으며, 식객으로서 어른이 됐다"라고 고백한 감각과 맞울림한다.

불안감을 품은 채 양딸로 들어간 레이코 씨를 소중한 한 명의 딸로 길러준 이가 '아키타의 아버지'였다. 쓸데없는 말을 하지 않으며 친척 모두에게 버팀목이 되어준 문학을 좋아하던 메이지시대의 남자. 레이코 씨가 이야기하는 아키타의 양아버지 모습은 어딘가에서 신페이 씨와 이어진다.

그리고 호리 다쓰오가 좋다는 이유로 다에코 여사를 혼자 무작정 찾아간 대학생의 레이코 씨가 다에코 씨를 도우며 나이 차 많은 여자끼리의 이상한 우정을 쌓아가는 일화에 나는 크게 고개를 끄덕였다. 용기를 내서 신주쿠 골든가이에 있는 '학교'를 찾아올 때 느낀 설렘 그리고 그 뒤 레이코 씨와 친해지며 느낀 벅찬 감동을 떠올리면서.

남에게 보이는 카드는 겨우 일부분이기에 그걸 무리하게 연관 지어 다 아는 듯한 기분이 되는 것은 어리석은 일이다. 그렇게 생각하면서도 레이코 씨의 반생은 나를 잡아당긴다. 조금 새치름한 인상, 그 속에 숨겨진 정열, 누구에게도 속박당하지 않는 강함, 사치 부리기를 좋아하는 아가씨 기질. 레이코 씨다움이 모든 일화에 배어 있으니.

그리고
그 사랑 이야기

언제였더라. '학교'에서 레이코 씨와 몇 명의 단골이 술을
마시면서 프로야구 이야기를 했다. 레이코 씨는 야구 따윈
관심 없겠지, 생각하면서 물었다.

"레이코 씨, 좋아하는 선수 있어요?"

"저기…… 다오* 씨."

레이코 씨가 대답했다.

"어, 다오? 주니치와 한신에 있던 그 다오요?"

"응, 아마 그럴걸."

팬이라고 하는 데 비해 어쩐지 어설프다. 차근차근 들어
보니 예전에 가게 손님이 권해서 한신 경기를 보러 간 적이

있고 그때 등 번호가 '8'번이던 다오를 응원했던 모양이다.

"왜 '8'번 인데요?"

내가 물으니 오랜 손님들이 한목소리로 말한다.

"그야, 레이코 씨는 '8'번이니까."

레이코 씨는 얼굴을 붉힌 채 잠자코 있다. 예전에 레이코 씨가 일생일대의 연애를 한 상대는 이름에 '八'이 들어갔고 여하튼 그 사람이 너무 좋아서 자나 깨나 '8'이었다고 들은 것은 조금 지난 뒤였다.

"전봇대에 광고지가 붙어 있잖아. 거기에 적힌 전화번호에 '8'이 들어 있는 것만으로도 넋을 잃곤 했지."

이름에 '八'이 들어가는 사람은 레이코 씨보다 나이가 아주 많았다. 결혼해서 아이도 있었다. 삐뚤어진 아토 씨가 말하길, "포복절도할 남자." 그렇게 조각조각 귀동냥하긴 했지만 레이코 씨에게 이야기를 들은 적은 없었다. 밤이 꽤 깊어졌을 즈음, 성장 과정을 들려주는 김에 레이코 씨는 그 연애 이야기도 털어놓았다. 레이코 씨는 상대의 성까지 다 말했지만 그냥 '팔'이라고 부르기로 하자.

팔과 처음 만난 곳은 '학교'에서였어. 어쩌면 내가 그전에 도와주던 '노라'라는 가게에서도 만난 적이 있을지도 몰라. '학교', '노라', '도초'…… 그 언저리 가게들이 팔의 단골집이었거든. 혼자서 올 때도 있었고 친구들이랑 요란스럽게 마실 때도 있었지.

노동조합의 고문 비슷한 일을 했는데 학생 시절부터 노동운동에 매진했대. 자신은 전통 있는 집안에서 태어나고 자라서 경제적으로 곤란하진 않았지만 그래도 노동운동에 뛰어드는 사람이 의외로 많았으니까.

영어와 독일어에 능숙했어. 동시통역이 가능할 정도로. 프랑스어도 잘했어. 프랑스어를 배운 적 있는 나보다 훨씬 나았지. 그 시대에 그런 사람, 드물었어. 당시는 노동운동이 활발해서 독일에서 사람을 초청하기도 했거든. 그럴 때 통역을 맡기도 했나 봐. 와세다대학에서 중세사를 공부했기에 역사에도 훤했어.

외국어를 유창하게 구사했으니까 여기저기에서 좋은 자리를 많이 제안받았어. 근데 그도 제멋대로인 사람이라서 마음에 들지 않는 일은 거절해버리기 일쑤였지. 근데 말이야, 나, 회사원이나 학교 선생처럼 시간에 얽매이는 사람이었다면 사귀지 않았을지도 몰라.

나이는 스물두 살가량 위였어. 머리도 벗어졌고. 1910년생이었던가. 메이지시대에 태어났다는 건 별문제가 아니었어. 그 사람 자신도 몹시 제멋대로에다가 자유주의자였거든. 친한 사람들이 "대머리, 대머리"라며 놀리곤 했는데 나는 물론 그런 적 없어, 후후후. 그렇게 '대머리'라고 불려도 아무렇지도 않게 생각하는 사람이었어.

함께 있으면 좌우간 이야기하는 게 즐거웠어. 나뿐만 아니라 남자들도 팔을 좋아했어. 철학서부터 외설서까지 뭐든지 읽어서 그런지 뭘 말해도 재미있었거든. 어떤 사람과도 대등하게 사귀었어. 다만 잘 알지도 못하면서 젠체하는 사람에게는 가끔 심술궂은 말을 했어. 개중에는 "뭐야, 자기는 머리가 좋다 이거야"라며 토라져선 그를 나쁘게 말하는 사람도 있었을 거야. 뭐, 난 홀딱 반해 있었으니까 나쁘단 생각 따윈 안 했지만. 여하튼 함께 있으면 즐거운 남자였어.

대체로 양복을 입고 있었어. 단정하긴 해도 특별히 멋을 낸 차림은 아니었지. 생일날에 달리 뭘 선물해야 할지 생각이 안 나서 넥타이를 사서 주기도 했어. 그러면 꼭 매고 오는 거야.

어째서 팔이랑 그런 사이가 된 걸까……. 시작은 늦게까지 술을 마시는 바람에 그가 요코하마에 있는 자기 집으로 돌아가지 못한 밤이었어. 요요기 근처의 조합 관계자 숙소인지 뭔지에 묵는다면서 거기에 나를 데리고 갔지. 그날 한방에서 같이 잠을 잤지만 아무 일도 없었어. 아침이 오자 "그럼, 커피를 마셔볼까"라면서 커피를 마시러 갔는데. 응, 뭐랄까, 쭉 함께 있으면 좋겠다고 자연스레…… 언제 가까워졌는지는 기억이 안 나네, 후후후.

그쪽은 나를 귀찮지 않은 여자라고만 생각했을지도 몰라. 그의 아내와도 만난 적 있는 데다 내 앞에서 딸 자랑을 자주 했거든. 딸을 무척 귀여워했지. "부인을 알면서 잘도 그런 사이가 됐구나"라고 말하는 사람도 있는데, 그냥 자연스럽게 그렇게 되어버린 느낌이야.

"밥 먹으러 갈까"라고 전화가 와서 낮부터 만나곤 했어. 영화도 자주 함께 보러 갔지. 당시는 대개 히비야영화관[1]이었어. 「쉘부르의 우산」 따윌 본 건 조금 뒤야. 영화를 보고 나선 데이코쿠호텔에서 점심을 먹었어. 니시긴자 근처 오래된 양식집에도 종종 들렀지. 여하튼 그 사람과 있으면 즐거웠으니까. 그러는 사이 푹 빠져버린 거야. 후후후.

싸움은 안 했어. 때때로 내가 기분이 나빠서 일방적으로 히스테리를 일으킨 적은 있지만. 그가 잘못해선 아니고 다른 데서 언짢은 일이 있어 내가 일방적으로 싸움을 거는 모양새였지, 후후후. 그럴 때면 이런 녀석을 상대로 다퉈봤자 쓸데없어, 라는 분위기라서 더는 싸움이 되지 않았어. 그쪽은 여자에게 거역하면 제대로 되는 일이 없음을 잘 알고 있던 게 아닐까. 스물두 살이나 나이 차가 났으니 그런 부류

---

[1] 1934년에 토호영화사가 개관한 일본영화 전용극장으로 2005년에 폐관했다.

의 지혜는 터득하고 있었겠지. 바람을 피우는 것도 내가 처음이 아닌 듯싶었어. 술도 좋아했고 사람도 좋아했거든.

오빠에게는 팔의 일을 이야기했지만 소개한 적은 없어. 고리야마의 부모에게는 끝끝내 알리지 못했고. 스물두 살이나 나이 많은 처자식 딸린 남자와 만나고 있다니, 어른들이 달가워할 리 없잖아. 내가 아무리 즐겁게 살고 있다고 해도 말이야. 하지만 틀림없이 내 태도를 보고 어렴풋이 눈치채고는 있었을 거야.

신페이 씨는…… 나와 팔의 사이를 좋게 보지 않았던 것 같아. 그래도 야마다 씨는 그를 마음에 들어 했어. 야마다 씨 자신도 처자식이 있는 신페이 씨와 사는 처지다 보니 감정이 겹쳐지는 부분이 있어서 그랬으려나. 신페이 씨는 어떠한 말도 하지 않았어. '자신이 좋을 대로 하되 자신이 한 일에 자각만 하면 된다'라는 생각이었겠지.

처음 만났을 때, 팔은 쉰 살이었어. 이후 도쿄에서 쭉 함께 시간을 보냈지. 그리고 예순을 넘기고 나서는 고향인 사가로 이사를 갔어. 그쪽에서 노동조합 일을 하게 되어서였던가. 외롭지 않은 건 아니었지만 그 뒤에도 툭하면 도쿄에 나왔고, 나오면 우리 집에 묵었으니까 괜찮았어. 되레 떨어져 사는 쪽이 즐겁게 느껴지기도 했어.

너무 보고 싶어서 혼자 사가에 간 적도 있긴 있어. 그가 사는 역에 내려서 왔다 갔다 했지. 하지만 그가 곤란할까 봐 그냥 돌아왔어. …… 아이도 말이야, 그래, 낳지 않았어. 그런 일이 생겼을 때 낳는단 결단을 내리는 사람도 있는데, 나는 거기까진 결심이 서지 않았어. 역시 그가 곤란해할 테니까. 문제가 구체적으로 적잖이 생길 테니까.

그럼에도 나는 그를 만나서 좋았다고 지금도 생각해. 그와 보낸 즐거운 시간은 무엇과도 바꿀 수 없어. 그를 만나서 내 인생은 정말로 아름다웠어. 사람을 사랑하는 일이 제멋대로인 면도 있고 또 슬프거나 괴로웠던 적이 없다고 하면 그건 거짓말이야. 하지만 그보단 함께 있을 수 있어서 행복했다는 마음이 더 커.

좋아하는 사람과 일평생 즐겁게 살아가는 것이 제일이긴 해. 어쩌다 난 그렇게 되지 못했지만 말이야. 그래도 역시 그를 만나서 행복했어. 옆에서 보면 팔은 교활한 남자일지도 몰라. 나는 그렇게 생각 안 하지만. 그게 사랑의 불가사의한 점일 거야.

팔은 일흔일곱 살에 세상을 떴어. 마지막은 암이었는데, 아마 이미 늦었단 말을 들었던가 봐. 전화가 왔더라고.

"이제 나, 죽는대."

그때 규슈로 만나러 가자고 생각지 않은 건 아니지만 찾아가도 가족이 있으니까. 아아, 이걸로 그의 목소리를 듣는 일은 끝이구나 싶었어. 근데 어쩔 수 없잖아. 그저 즐거운 시간을 가득 만들어줘서 고맙다고 생각했지. 정말로 순수하게 이제 만날 수 없다는 것, 그를 만나서 좋았다는 것. 아무런 거리낌 없이 그렇게 느꼈어.

2월 10일에 그가 저세상으로 갔다고, 다음 날 그의 제자쯤 되는 남자로부터 전화가 왔어. 아, 그렇구나, 드디어 때가 왔구나, 더는 그를 만나지 못하는구나, 실감했어. 물론 이런 일도 있었지, 하며 추억이 떠올라서 슬프기도 했어. 그치만 만나서 좋았다고 생각하니까 질질 울며 지내진 않았어.

팔이 죽은 뒤에 호감 가는 사람이 없던 건 아니야. 다만 그 사람만큼 좋아지진 않았어. 역시 지금도 팔은 특별해. 이런 사랑을 한순간이라도 느꼈다면 행복한 일이잖아. 난 그렇게 사랑하는 사람과 7년이나 함께 시간을 보냈고 그 뒤 세상을 뜰 때까지 쭉 좋아하는 마음이었으니 정말로 행복한 삶이었지. 벌써 여든 살이 된 나지만, 여든 해를 살아오면서 여러 가지 일이 있던 것도 같고 그 일만 있던 것도 같아……. 후후후, 이것이 내 이야기.

아, 마키, 배고프지 않아? 삶은 달걀 남아 있으니 먹으렴. 나는 맥주나 마셔야겠어.

레이코 씨한테 받은 모자. 수입품인 듯하다.

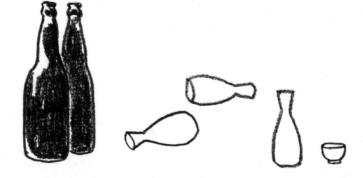

'학교'의 냉장고에는 양파와 실곤약과 달 걀이 가득하다. 그게 또 다음 주에 가서 보면 더 늘어나 있다. 나이를 먹으면 이상한 장보기를 하게 되는데, 레이코 씨가 사 오는 물건은 왜 무거운 것들뿐일까. 아픈 다리를 감싸고 살금살금 지팡이를 짚으며 열심히 양파와 실곤약과 달걀을 짊어지고 오는 레이코 씨를 생각하면 애달프다. 그것이 징조였다.

"모두가 와주는 동안에는 나도 힘을 내겠습니다!"

여든 살이 지나서도 줄기차게 말하던 레이코 씨. 하지만 말과는 달리 가게를 열지 못하는 날이 늘어났다. 고관절 통증이 심해지고 먹는 양이 줄어 체력이 약해졌다. "오늘만은 가게에 나갈 작정이었는데 또 쉬어버렸어. 영 맥을 못 추겠네"라며 풀죽은 목소리로 전화를 걸어왔다.

'학교'의 문 닫는 날이 주에 사흘이 되고 나흘이 되고, 심할 때는 내가 여는 수요일만 간판이 켜지는 주도 생겼다. 당연히 매출은 뚝 떨어졌다. 레이코 씨가 혼자 사는 집세와 생활비 그리고 가겟세를 벌어들이지 않으면 안 됨에도 목표액에 미치지 못하는 달이 이어졌다.

그 기회를 틈탄 것은 아니겠지만 "주말만 가게를 빌리고 싶다"는 제안을 해온 일당이 있었다. 레이코 씨는 수천 엔을 위해 시원스레 열쇠를 건네주고 말았다. 나는 그 무리를 적대시했다. 왜냐하면 품위가 없었는걸. 주말만이라고 말한 주제에 그들은 평일 밤에도 제 가게인 양 굴며 '학교'에 드나들었다. 옛날부터의 단골손님들은 그 일당과의 만남을 꺼렸기에 점점 매출은 줄어들었다.

저런 놈들에게 '학교'를 빼앗길 성싶으냐! 나는 전투태세로 돌입했다. 골목에서 일당의 두목과 어쩌다 만나면 싸움을 걸기도 했다. 그 장면이 '학교'의 손님 가운데 제일 인품 좋은, 즉 가장 그런 모습을 보이기 싫은 오카와 씨와 교 씨에게 고스란히 목격됐다. 거참 부끄럽소이다. 품위 없는 쪽은 나였나 보다(게다가 스스로는 길바닥에서 활극을 연출했다고 생각했지만, 냉정하게 돌이켜보면 두 마리의 스피츠가 서로 '깽깽' 짖어대는 싸움이었다. 따라서 본 사건은 '개싸움 사건'으로 불린다).

지금은 안다. 나는 그들에게 엉뚱한 화풀이를 했을 뿐이다. 거기에 있던 것은 분노는 아니었다. 슬픔이었다. 먹보였던 레이코 씨가 "아침에 일어나서 홍차만 마셨는데도 배고프지가 않아"라며 부쩍부쩍 야위어가는 모습, 수술했어도 당최 나아지지 않는 고관절 통증, 뭘 샀는지 자꾸 깜빡하는 증상, 불 켜진 골든가이에서 단 하나 불 꺼진 간판. 좋아하는 레이코 씨와 '학교'가 끝을 향해 간다는 현실을 능숙하게 받아들이지 못한 채 우연히 참견한 그 사람들에게 홧김에 텃세를 부렸다.

받아들이는 데 시간이 걸린 것은 그것만이 아니다. "내가 '학교'를 계승하겠습니다"라고 선뜻 말하지 못하는 내가 오랜 시간 주체스러웠다.

술집 '학교'를 아는 모두가 어떻게든지 가게가 살아남기를 바랐다. 그리고 마키가 이어받는 것이 제일 좋다고 생각했다. 애초 신페이 씨가 좋아서 찾아왔다. 레이코 씨는 물론 단골손님과도 친해졌다. 풋내기였지만 지금은 가게를 꾸려 나갈 만큼은 성장했다. 자신조차 '학교'를 이 분위기 그대로 유지할 수 있는 사람은 나밖에 없다고 자부했다.

그러나 막상 닥치니 "내가 할게요"라는 그 한마디가 도저히 입 밖으로 나오지 않았다. 흔들흔들 마음대로 살아온 내게는 매일 정해진 시간에 정해진 장소에 다니는 생활이 무척 뛰어넘기 어려운 벽처럼 느껴졌다. 아무리 좋아하는 '학교'라도 거기에 뿌리를 내리면 틀림없이 답답해지리라. 평일 밤 전부를 가게에 얽매이게 됨으로써 잃어버릴 자유가 두려웠다. 몇 번이나 여러 각도에서 고민하고 또 고민했음에도 제멋대로인 이 대답이 뒤집히는 일은 없었다.

마지막 1년, 정말이지 모든 이들에게 "후계자가 있으니까 안심이야", "마키가 할 수밖에 없어", "부탁해"라는 소리를 들었다. 그런 이야기가 나오면 레이코 씨는 항상 "마키에게는 마키의 삶이 있으니까 쓸데없는 부담 주지마"라며 감싸

줬다. 레이코 씨는 알고 있던 걸까. 내가 방랑자이기에 '학교'에 다다를 수 있었고, 방랑자이기에 여기에 머무를 수 없음을. 그 레이코 씨도 더욱더 몸이 약해져 진퇴를 결정하지 않으면 안 됐을 때, 둘이서만 보내는 밤에 딱 한 번 말을 한 적이 있다.

"마키…… 이 가게를 맡을 마음은…… 없는 거지?"

어떻게 대답해야 할지, 한순간 망설였다. 그 순간을 잡아채고 레이코 씨는 곧바로 말을 이었다.

"그래, 너에게는 너의 인생이 있으니까. 자기 일을 맨 먼저 생각하렴."

말없이 고개를 가볍게 끄덕이는 나에게 언제나처럼 웃으며 말했다.

"이렇게 만난 것만으로도 이미 충분해. 너한테는 고마운 마음뿐이야."

지금도 가끔 상상한다. 내가 그대로 '학교'를 이어받고 가게에 선대 마담인 레이코 씨가 놀러 와서 다 같이 변함없이 술을 마신다면 얼마나 즐거울까, 라고. 하지만 그건 선택하지 않은 미래다. 달콤한 미련은 아무 짝에도 쓸모가 없다.

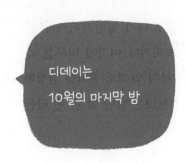

디데이는
10월의 마지막 밤

2013년의 한여름, 시미즈 씨로부터 연락이 왔다. 때마침 수요일로 내가 '학교'를 여는 날이었다. 그래서 개점 전에 신주쿠에서 만나 이야기를 들었다.

"지금 구청에 가서 레이코 씨의 생활보호 상담을 하고 왔어. 두 달 정도 후 지원받을 것 같아."

그렇군, 마침내 그날이 왔다고 생각했다. 레이코 씨의 생활비 걱정만 말끔히 해결되면 '학교'를 계속할 필요가 없었다. 이제는 가게를 열면 열수록 적자가 늘어나는 상태였다.

야스쿠니 거리가 내려다보이는 레스토랑. 아직 밖은 밝았지만 시미즈 씨가 마시자고 해서 맥주를 주문했다. 언제 어떤 형태로 폐점할 것인가. 이야기는 단숨에 구체적으로 흘러갔다. 어느 단계에서 손님에게 알려야 할지, 폐점하기에 앞서 꼭 해두어야 할 것은 무엇인지 잠깐 논의하는 사이 여섯 시가 됐다. 시미즈 씨를 남겨두고 자리에서 일어났다.

"자, 그럼. 일단 오늘은 오늘의 '학교'를 열러 갑니다."

그러고는 홀로 사방에서 매미가 요란하게 울어대는 하나조노 신사를 뚫고 '학교'로 향했다. 해 지기 전의 골든가이 골목은 그저 부유스름하고 소리도 없다. 이 골목길에 사는 사람이든 고양이든 만나지 않고 가게에 도착했다.

문손잡이에 열쇠를 꽂아 문을 연다. 그리고 왼손만 안으로 넣어 재빨리 전등을 켠다. 늘 하던 대로 가게에 사는 바퀴벌레와 서로 얼굴을 마주치지 않을 만큼의 간격을 두고 들어간다. 열기로 가득하다. 냉방 스위치를 켜고 선반에서 앞치마를 꺼내 허리에 꽉 두른다. 수도꼭지를 잠시 튼 채로 두었다가 주전자에 물을 받아 끓인다. 처마 밑 스티로폼 상자에 담긴 얼음 한 관을 들어 냉동실로 옮긴다. 밤새 냉장고에서 차가워진 병맥주를 대충 세어본다. 몸을 구부려 싱크대 아래에 놓인 한됫병짜리 기쿠마사무네[1]와 사쓰마무소[2]가 얼마 남아 있는지 확인한다. 손님이 마시다가 맡겨둔

---

[1] 고베에 본사를 둔 일본 청주 브랜드.
[2] 가고시마현에서 만드는 고구마를 원료로 한 일본 소주.

소주와 위스키도 오케이. 화장지도 오케이. 수건도 오케이.

묵묵히 가게 열 준비를 해가는 자신을 어딘가 객관적으로 바라보는 또 하나의 자신이 있다. 이런 작업도 이제 앞으로 몇 번쯤 하면 끝이다. 지금만이 살아 있는 시간. 지금을 즐기자.

그날부터 폐교의 카운트다운이 시작됐다. 시미즈 씨가 건물주와 상의한 끝에 10월 말에 가게 문을 닫기로 결정했다. 마지막 두 달간, 몇 번이나 찾아온 사람이 있었다. 멀리서 비행기나 신칸센을 타고 달려온 사람도 있었다. 레이코 씨도 힘을 내서 되도록 가게에 나왔다. 소소한 축제처럼 지나가는 하루하루였다. 그래도 '학교'라는 비좁고 어스레한 공간은 인간의 희로애락 따윈 개의치 않는 풍정이기에 담담하게 여느 때처럼 시간을 새겨 나갔다.

폐교식을 앞두고

가게 앞에 써서 붙인 안내문.

"술집 '학교'는 10월 31일부로 폐교합니다."

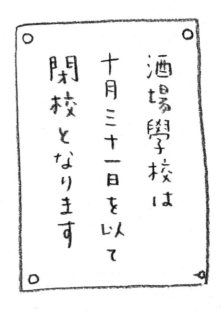

아득히 먼 저쪽은
오호츠크

9월 4일

최근 간토 근교에서 잇달아 일어난 회오리바람 피해 사건
이 화제에 올랐다. 회오리바람을 직격으로 맞은 자택 주인
이 텔레비전 프로그램에 나와 "우리 집 지붕이 어디로 갔는
지 모르겠습니다"라고 말한 모양이다.

"바람에 날아간 걸까? 불쌍하게 됐구먼."

"남의 땅에 떨어졌을 테지?"

"주우러 가려나?"

"어떻게?"

"미안합니다, 지붕을 줍게 해주세요, 라고 하면서."

"푸하하, 야구공도 아니고."

밤이 이슥해지고 단골만 남은 즈음에 시미즈 씨가 말을 꺼냈다.

"이 '학교'를 학교법인으로 할 순 없나?"

뭐지, 학교법인이라니. 친한 몇 명이서 가겟세를 모아 내며 가게를 유지하자는 말인 듯했다.

"오카와, 어때?"

갑작스레 질문을 받은 오카와 씨는 "으음, 뭐……"라고 말한 뒤 잠시 생각하더니 덧붙였다.

"난, 토지에 연연하는 삶의 방식을 옳다고 보지 않아서."

유목민인가. 이마이즈미 씨의 대답은 이랬다.

"요전에 나와 같은 1941년에 태어난 미야자키 하야오 감독이 은퇴 선언을 했습니다. 그래서 저도 은퇴합니다."

두 사람 다 시미즈 씨의 제안을 딱 잘라 거절하지는 않아도 미련에 질질 끌려 '학교'를 계속해서는 안 된다고 생각하는 것 같았다.

9월 11일

"오늘은 말렌코프의 기일이야."

젊은 주제에 늙수그레한 이야기를 좋아하는 고헤이 씨가 말했다. 그렇다. 4년 전, 레이코 씨가 "9월 11일, 말렌코프가 돌아가셨습니다"라는 벽보를 써서 가게 문에 압핀으로 꽂아 두었던 게 생각났다.

말렌코프는 골든가이의 명물 떠돌이였다. 젊은 적에는 아코디언을 연주했다나 본데, 나이가 들어서는 오로지 어쿠스틱기타였다. 별명의 유래가 소련 정치가 말렌코프라는 사실만으로도 반세기는 거뜬히 이 부근에서 서식했음을 알수 있다(별명을 붙인 사람은 신페이 씨가 하던 시절부터 '학교'를 매일 밤 드나들던 그 '긴 씨'라고).

'학교'는 말렌코프의 거점 가운데 하나였다. 선반에는 언제나 전용 노래책이 준비돼 있었다. "말렌코프의 기타는 서툴렀어"라고 레이코 씨가 말한 것처럼 기타 솜씨는 결코 뛰어나지 않았지만, 수백 곡이 수록된 노래책 몇 페이지에 어느 곡이 실렸는지를 기억하는 데에 대단한 권위자였다. 두곡에 1천 엔. 노래를 좋아하는 도모코 씨가 「소주야곡」을, 도편수 씨가 「이른 봄의 노래」를, 목소리가 큰 로우 씨가 「변두리의 태양」을 주문하곤 했다. 결국은 가게 안에 있는 모든 손님이 따라 부르는 통에 합창이 됐더랬다.

레이코 씨 왈, "말렌코프는 하나의 풍경이었어." 여든두 살에 세상을 뜬 말렌코프, 만약 살아 있다면 '학교'의 폐교를 슬퍼했겠지.

"오늘은 나쓰메 마사코*의 기일이기도 해."

또 다른 누군가가 말했다.

"그 사람은 너무 젊었어."

"계속 살았다면 어떤 배우가 됐으려나."

"나이 들어 연기하는 모습도 보고 싶었는데."

다들 두서없이 던지는 대화 끝에 레이코 씨가 살짝 장난스럽게 말을 보탰다.

"아아, 애석하게 죽다니 동경하지 않을 수 없어. 내게 있어 아득히 먼 저쪽의 오호츠크.[1]"

줄곧 잠자코 듣고 있던 시미즈 씨가 쓴웃음을 지으며 중얼거렸다.

"그만둬, 나, 오호츠크 출신이란 말이야."

9월 18일

이웃 가게인 '가와타로'[2]의 마담이 놀러 왔다. 완고하게 나이를 밝히지 않는 마담이지만, 1970년 11월부터 가게를 해오고 있단다. 1970년 11월이라고 하면 미시마 유키오가 할복자살을 한 달이다. 한바탕 그 이야기에 열을 올리는 손

---

[1] 다카쿠라 켄(高倉健 1931-2014)을 일약 스타로 만든 영화 「아바시리 번외지」(1965) 동명 주제곡의 한 구절. 오호츠크해와 맞닿은 홋카이도 아바시리에는 개척사업에 필요한 노동력을 위해 끌려온 죄수를 수용하던 감옥이 있었는데, 영화는 그곳을 배경으로 야쿠자 출신 죄수의 탈출극을 그린다.

[2] 물속에 산다는 어린애 모양을 한 상상의 동물 '갓파'의 다른 이름.

떠돌이, 말렌코프(1927~2009)

나, 말렌코프에게 「붉은 손수건」을 빌려줬어.

두 곡에 1천 엔인데, 한 곡을 부르고 났더니 가게 문 닫을 시간이었거든.

"그럼 다음에 「붉은 손수건」을 부를 테니 빌려줘!"라고 말한 뒤 헤어졌지.

그러더니 그 녀석 그대로 죽어버렸어.

저세상에서 만나면 돌려받아야지.

님들. 나이 많은 사람과 미시마 유키오의 죽음을 이야기할 적마다 그 일이 특별한 사건이었음을 실감한다. 당시를 아는 모든 사람이 '자신이 그 뉴스를 어디에서 알았는지'를 명확히 기억하고 있다.

올여름, '가와타로'의 마담은 허리가 안 좋아서 얼마간 가게에 나오지 않았다.

"나도 말이야, 언제까지 할 수 있을지 모르겠어."

'학교'가 문을 닫는다는 소리를 듣고 근처 가게의 마담이나 마스터가 속속 얼굴을 내밀었다. 어느 가게든지 시작과 끝이 있다. 그 사이를 사람과 술이 서로 오갈 뿐이다.

10월 12일

예전에 '학교'의 주요 단골이던 시인 야마모토 다로는 호세이대학에서 학생을 가르친 적이 있다. 그 제자들이 '학교'의 마지막 소식을 우연히 듣고는 후쿠시마나 야마구치에서 찾아와 뭉쳤다. 이미 50대에 접어든 전직 대학생들은 당시 '학교'에서 차례차례 펼쳐지는 어른들의 풍경을 두근두근 조심조심 바라봤단다.

"한번은 다로 씨가 흥분한 채 가게에 들어와선 '나, 지금 반핵 집회에서 시를 낭독하고 왔어. 이제부터 여기서 다시 낭독할 테니까 너희들 잘 들어!'라고 외치며 시를 낭랑하게 읊어댄 적이 있었잖아."

"있었어, 있었어."

"그 한편에선 (시인) 나카기리 마사오*가 '너희들, 군가를 불러!'라고 말을 했지. 내가 싫다고 했더니 울면서 맥주를 끼얹었잖아. '내 친구가 몇 명이나 죽었는지 알아!!!'라면서. 좀 무서웠어."

"그런 일도 있었지."

"나카기리 씨는 '절대'라는 단어를 쓰면 엄청나게 화를 내지 않았어?"

"그랬어. '절대'를 아주 싫어했지."

저세상이
벌써 그립다

10월 28일

드디어 마지막 주에 들어섰다. 오늘부터는 누가 주인인지에 상관없이 술이 남은 술병을 척척 내놓기로 했다. 술 무제한 2천 엔. 혼자 마시기 달인인 야나 씨가 연일 들러 뭔가 사명감 같은 마음으로 모르는 사람이 마시다 맡겨둔 술병을 비워냈다. 이제는 술을 마시지 못하는 몸이 되어버린 옛 손님들은 우롱차를 지참한 채 놀러 왔다. '학교'가 문 닫는다는 얘기를 듣고 처음으로 찾아온 사람도 있었다.

많은 사람이 드나드는 탓에 레이코 씨는 조금 지쳐버린 듯했다. 그래도 앞으로 며칠 지나면 더는 힘을 내지 않아도 된다는 현실이 마음을 가볍게 하는지 표정은 부드러웠다. 항상 경쾌한 말투로 모두를 웃게 하는 고바야시 씨가 조용히 마시는 모습을 눈여겨보다가 말을 건넸다.

"자네는 뭘 마시고 있어?"

"소주에 눈물을 타서 마시고 있습니다. 슬프네요."

고바야시 씨가 대답하자 레이코 씨가 웃으며 말했다.

"그렇군. 하지만 내 다리가 나빠져서 말이야. 이런 몸으론 더 이상 연인이 도망가도 쫓아갈 수가 없잖아."

"남자한테 쫓아오라고 하면 되죠."

고바야시 씨가 농담조로 되받아치자 레이코 씨가 시원스레 받아넘겼다.

"응, 하지만 괜찮아. 이미 충분. 좋은 남자를 만났으니까."

늦은 시간에 덥수룩 씨가 찾아왔다. 곤드레만드레 취한 상태였다. 레이코 씨가 차분하게 인사말을 전했다.

"오랫동안 신세를 졌습니다."

그러자 덥수룩 씨는 떼쟁이처럼 외쳤다.

"싫네요!"

"싫다고 말해도 어쩔 수가 없는걸."

"앞으로!"

"그래. 아직은 더 살아볼게."

"죽을 때…… 지켜볼게! 그러니!"

변함없이 짧은 말만 던지지만 덥수룩 씨의 절실한 마음이 고스란히 전해져서 숙연해졌다. 내가 레이코 씨의 마지막을 지킬 테니까, 그때까지 가게를 계속해달라는 보기 드문 집요한 호소였다.

"응, 하지만, 이제 끝."

"그렇게 엿장수 마음대론 안 될걸."

아아, 엿장수 마음이라. 두 사람의 대화를 등 뒤로 들으면서 빈 술잔을 씻었다. 밤이 깊어 제법 쌀쌀했다.

10월 30일

개점 전에 돈 노조미가 초밥을 품에 가득 안고 찾아왔다. 이게 우리 대부로부터 받는 최후의 선물인가 싶었는데 마지막 날에는 호화로운 꽃다발을 들고 왔다. 하는 짓이 얄밉도록 훌륭하다. 문 열 시간이 되자 돈 노조미는 가게 출입문에 장승처럼 버티고 섰다.

"모르는 손님이 오면 돌려보낼게."

이런 말을 하다니, 몸집도 얼굴도 박력이 너무 넘친다니까. 그 모습을 보고 오카와 씨가 말했다.

"세인트버나드 같아."

그러자 돈 노조미가 기쁜 듯이 뒤돌아보며 답했다.

"오카와 씨는 언어 선택이 참 품위 있네. 그래, 그냥 개가 아니야, 세인트버나드다!"

신페이 씨와 레이코 씨와 '학교'의 단골들이 몇 번이나 발걸음을 옮긴 후쿠시마현 가와우치무라에서도 몇 명이 같이 모여 술을 마시러 왔다. 일이 끝난 뒤 전차를 갈아타고 또 갈아타고 왔단다. 내일도 일이 있어 오늘 중으로 고리야마까지 돌아가지 않으면 안 된다면서 서둘러서 하지만 신나게 술잔을 주고받는 가와우치무라 사람들. 축제 분위기가 한껏 올라갔다. 축제는 영원히 계속되지 않기에 축제인 게다.

여덟 시 반. 이마이즈미 씨가 모습을 드러냈다. 그렇다. 오늘은 수요일이었다. 이 사람은 최후의 최후까지 수요일의 남자, 여덟 시 반에 문을 두드리는 남자로 남는구나.

마지막 수요일도 이마이즈미 씨는 거의 아무런 말도 하지 않고 구부정하게 숙인 채 맥주를 마셨다. 레이코 씨가 누구에게인지 몰라도 "나, 이 가게가 없어지면 덜컥 죽고 싶어"라고 말했을 때만 슬쩍 시선을 올렸다. 그리고 잠시 있다가 이마이즈미 씨의 풍성하게 늘어진 잿빛 수염 사이로 쉰 목소리가 새어 나왔다.

"실례인 줄 압니다만…… 레이코 씨는 그쪽에도 아는 사람이 많이 있을 테니까요."

"그렇네. 저쪽이 벌써 그리워지네."

아아, 이게 무슨 대화인가. '그쪽'이니 '저쪽'이니 모두 저세상을 가리켰다. 저세상이 벌써 그립다니! 레이코 씨가 저세상에서 만나고 싶은 사람들을 이마이즈미 씨는 알고 있나 보다. 두 사람은 누군인지 구체적으로 입에 담지 않고 얼굴에 미소를 띤 채 얼추 동시에 술잔을 입으로 가져갔다.

늘 그렇듯이 자신의 페이스대로 술을 다 마신 이마이즈미 씨는 북적거리는 가게에 오래 머물고 싶지 않은지 서서히 자리에서 일어섰다.

"오늘부로 문을 닫지만…… 내일은 오시지 않을 테니."

"응, 난 수요일만."

야단스러운 인사 따윈 없이 언제나처럼 집으로 돌아갔다.

엇갈려서 문화인류학의 니시이 선생이 들어왔다. 슈퍼마켓 비닐봉지에 군제 바지를 달랑 두 장 넣어 들고는 케냐나 파푸아뉴기니 등지를 나갔다 돌아오는 기묘한 선생이었다. 일흔을 넘겼음에도 체력이 무척 좋아서 마사이족이 "좀 천천히 걸어주세요"라고 애원했다는 일화도 있다. 수년 전, 술을 마시고 돌아가는 길에 니시이 선생이 레이코 씨를 가볍게 포옹했더니 레이코 씨는 등뼈가 아팠다는 사건도 있다.

"뭐 드시겠어요?"

맥주를 꺼내며 물으니 니시이 선생이 진지한 얼굴로 나를 쳐다보며 대답했다.

"당신 등 뒤의 고기를……"

"가슴이라고 말씀 안 하시는 게 웅숭깊네요."

내가 되받아치자 옆에서 레이코 씨가 곧장 말을 보탰다.

"이미 가슴은 물리도록 먹었거든."

늦게까지 남아 있던 단골들이 돌아가고 레이코 씨와 단둘이서 대충 정리를 했다. 드디어 내일이 최종일. 레이코 씨는 "울지 않을 거야. 그럴 것이 즐거웠는걸"이라고 말했다.

"근데 단 한 번, 꿈속에서 울었어. 이제 그 사람을 만날 수 없겠구나 싶어서."

"…… 누구 말이에요?"

"모두에게 너무나 사랑받았던 사람."

비뚤어진 아토 씨인가, 생각했지만 그 이상 묻지 않았다. 아토 씨는 일 때문에 해외라도 나갔는지 아니면 어딘가 몸이 좋지 않은지 몇 개월 동안 가게에 오지 않았다. 아토 씨 말고도 폐교하기까지 끝내 만나지 못하고 만 손님이 몇 명인가 있다. 가게의 불이 꺼지고 사람의 인연도 조용히 어둠 속으로 녹아든다.

죽음이 두려운 것은 인간뿐일까?

연어는 고향의 강으로 돌아가 알을 낳고 죽을 때,

두렵다는 생각을 할까?

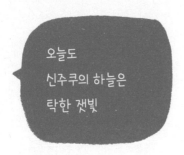

오늘도
신주쿠의 하늘은
탁한 잿빛

10월 31일

마지막 날에 처음 온 손님은 다키자와 씨였다. 대학의 소
림사권법부 총감독을 맡고 있는 다키자와 씨는 남자다움
을 과시하는 타입이건만 왠지 미워할 수가 없다. 얌전하고
아름다운 아내를 데리고 술을 마시러 와서 모두 앞에서 일
부러 거만하게 군 적도 있다. 그리고 취하면 늘 레이코 씨와
싸움을 벌인 뒤 "이런 가게, 두 번 다시 오나 봐라"라고 화
를 내며 돌아간다. 하지만 일주일쯤 지나면 또 생긋생긋 웃
으며 찾아온다.

그 다키자와 씨가 이른 시간에 가게에 들러 가볍게 두 잔

정도 마시고 돌아갔다. 돌아갈 때 히쭉 웃으며 말했다.

"이런 가게, 두 번 다시 오나 봐라!"

아아, 이 대사도 두 번 다시 들을 수 없다. 우울해진 내 옆에서 레이코 씨가 기운차게 되받아쳤다.

"지옥에서 만나지!"

이후부터는 손님들이 줄줄이 들어왔다. 앉지 못한 사람은 카운터 뒤에 서서, 들어오지 못한 사람은 가게 밖 골목에서 마지막 밤의 풍정을 맛보았다.

밤 열 시 넘어 연회가 한창 무르익자 레이코 씨가 「카스바의 여인」[1]을 부르기 시작했다. "요즘은 거의 모든 일을 잊어버려"라고 말하는 레이코 씨지만 몇십 년이나 흥얼거리던 노래의 가사는 술술 나왔다.

눈물이 아니에요 변덕스런 비에
살짝 이 뺨이 젖었을 뿐이지
여기는 땅의 끝 알제리
어차피 카스바의 밤에 피는
술집 여인의 싸구려 순정

---

[1] 「목포의 눈물」, 「아빠의 청춘」 등을 작곡한 손목인(1913-1999)이 일본에서 활동하던 1955년에 가명으로 발표한 노래.

레이코 씨의 낮고 가는 노랫소리가 어수선한 가게 안에 스며들어 번졌다. '학교'에서 53년, 레이코 씨는 「카스바의 여인」을 몇백 번 불렀을까? 이어서 노래를 아주 좋아하는 도편수 씨와 로우 씨가 듀엣으로 「달의 사막」과 「어제 태어난 아기 돼지가」의 3절을 불렀다. 「어제 태어난 아기 돼지가」는 다카미네 미에코가 부른 「호반의 여관」을 전쟁 중에 아이들이 가사만 바꾼 노래[1]라고 한다.

어제 태어난 아기 문어가
총알에 맞아 명예로운 전사
문어의 유골은 언제 돌아가나
뼈가 없어서 돌아갈 수 없네
문어의 어머니는 슬프겠지

누군가 "마키, 뭐라도 불러봐"라고 해서 레이코 씨와 둘이서 「해변의 노래」[2]를 불렀다. 시작하니 다 같이 부르는 합창이 됐다.

---

[1] 1940년에 발표된 「호반의 여관」은 염세적인 곡조와 가사라는 이유로 금지곡이 됐지만 민간에서는 가사를 바꿔 부를 정도로 큰 인기를 끌었다.
[2] 1916년에 발표된 창가로 문학적인 가사 때문에 지금도 널리 사랑받고 있다.

아침 해변을 헤매면
옛일이 그리워지네
바람 소리여 구름이여
밀려오는 파도도 조개 빛깔도

저녁 해변을 거닐면
옛 님이 그리워지네
밀려오는 파도여 밀려가는 파도여
달빛도 별 그림자도

아아, 전부 옛날이 되어가는구나. 노래가 끝나자 '학교'
마지막 날의 어둠은 또 한층 짙어져 있었다.

열한 시 지나 사라 씨가 찾아왔다. 예전에 지쿠마쇼보에
서 후루타 씨의 가르침을 받고 오랜 기간 신페이 씨를 담당
해온 편집자였다. 가와우치무라에 있는 구사노신페이기념
관의 관장을 지내기도 했다. 레이코 씨보다 조금 나이가 적
은데 레이코 씨를 '레이'라고 불렀다.

백발에 날씬한 몸매로 새하얀 눈썹이 언제나 팽팽히 서
있는 사라 씨. 술집에서 싫은 녀석을 후려쳤더니 손뼈가 부
러졌다는 둥 또 다른 날에 비위에 거슬리는 녀석을 발로 걸
어찼더니 이번에는 발을 골절했다는 둥 싸움을 지독히 못

하는 주제에 무용담이 굉장하다. 유리잔에 맥주를 따라주
려는 주위 사람들을 말리며 한마디 했다.

"오늘은 차를 갖고 와서 못 마십니다."

사라 씨는 술을 마시러 온 게 아니라 '술집 학교'가 적힌
간판을 가지러 온 참이었다. 간판은 사라 씨의 자동차에 실
어 신페이 씨가 사랑한 가와우치무라로 옮기기로 되어 있었
다. 골든가이에서 18년간 켜졌던 간판 불이 꺼지는 순간, 레
이코 씨는 그 가장자리를 살짝 어루만지며 소곤거렸다.

"오랫동안 고마웠어."

헌 담요로 감싼 간판은 사라 씨의 차 트렁크에 실려 신주
쿠를 떠나갔다. 밤은 더욱 깊어 날짜는 11월 1일로 바뀌었고
연회는 끝이 났다. 한 사람, 두 사람 사라져가는 단골을 배
웅하면서 시미즈 씨가 중얼거렸다.

"오늘은 아침까지 마실 각오로 왔건만 이제 다들 그렇게
마시질 못하네. 정말 '학교'의 시대는 끝났구나."

대청소는 다음에 다시 와서 하고 오늘은 간단히 정리만
하기로 했다. 한 궤 통째로 남아버린 얼음은 'G'에서 받아
쓰기로 한 터라 나는 얼음을 들고 나섰다. 외길을 따라 옆
골목으로 걸어가서 'G'의 문을 열었다. 카운터 안에서 에코
씨가 "아, 마키"라며 미소를 지었다.

"수고했어."

그 이상 아무 말도 하지 않았다. 에코 씨는 레이코 씨를 만나지 못했다면 골든가이에서 가게 여는 일은 없었으리라고 이야기한다. 레이코 씨도 늘 "내가 죽으면 에코와 상담하도록 해"라고 말한다. 나도 이 반년 동안 흔들리는 마음을 에코 씨에게 몇 번이나 털어놓았던가.

그 에코 씨의 얼굴을 보자 아아, 이 수일간을 같은 심정으로 보냈음을 깨달았다. '학교'의 손님 대부분은 'G'를 드나들기에 에코 씨는 '학교' 마지막 주의 어수선한 움직임을 거의 전부 파악하고 있었을 게 틀림없다. 그리고 'G'의 카운터 안에서 '학교'의 최후를 지켜보고 있었으리라.

'G'를 나와 '학교'로 돌아가는 길. 작은 골목길을 돌아 한 발짝, 두 발짝, 세 발짝…… 그래도 '학교'의 간판은 보이지 않았다. 아, 그렇지. 이미 간판을 옮겨버렸지. 그때 처음으로 실감했다.

아아, 이제 여기에 '학교'는 없다.

저기에 있는 것은 그저 꾀죄죄하고 비좁은 오래된 건물일 뿐이다. 풍경이 눈물에 젖어 흐릿하게 보였다. 빨리 돌아가서 정리를 마저 해야지, 생각하면서 잠깐 그 자리에 멈춰 섰다. 갑자기 '학교' 문이 열리고 갈지자걸음의 덥수룩 씨가 밖으로 나왔다. 비틀비틀 걸어 가까이 오더니 말을 건넸다.

"하늘은…… 무슨 색?"

"네?"

되묻는 나를 남겨두고 덥수룩 씨는 다시 비틀비틀 걸어 '학교' 안으로 들어갔다. 뭐지, 지금? 이 어둠 속에서 내 표정이 보일 리 없는데. 덥수룩 씨는 눈물이 흘러내리지 않도록 위를 쳐다봐, 라고 말할 작정이었던 걸까. 마지막까지 단편적인 덥수룩어였다.

올려다본 신주쿠의 밤하늘은 탁한 잿빛.

졸업이로다

바다 보일 때까지

언덕 오르다

-사이다 진

폐교를 맞아 '학생'들이 다 같이 소감을 써준 공책에서.

'장소場所'로서의 단골 술집

정은문고의 편집자는『술집 학교』의 추천의 글을 부탁하면서 조심스럽게 이렇게 물었다. "술을 끊었다는 소문이 있던데, 이 책을 좋아할지 모르겠어요." 소문이 아니라 나는 술을 끊었다. 일기를 찾아보니, 술을 끊기로 결심한 날은 2017년 6월 18일. 그날 이후, 공식적으로는 술을 끊었지만 비공식적으로는 여전히 술을 마신다. 공식적 음주는 바깥에서 여러 사람과 어울려 마시는 것이고, 집에서 혼자 마시는 건 비공식적인 음주다. 아직 완전히는 아니고 '반쯤'만 술을 끊은 것이다. 그러거나 말거나 이 책의 재미는 음주 여부와 상관없다.『술집 학교』에는 일본 문학사의 한 조각은 물론 다양한 개성의 흥미로운 인물들이 등장하는 데다가 인간의 원초적 동경을 일깨우는 어떤 지향이 있다.

책 제목에 나오는 '학교'는 구사노 신페이(1903~1988)가 1960년 6월 21일 도쿄의 신주쿠에 낸 술집이다. 이 술집은 1988년 12월 도시계획으로 건물이 없어질 때까지 한 장소에서 영업하다가 폐점을 며칠 앞두고 신페이가 여든다섯 살에 숨지면서 잠시 사라졌다. 이후 '학교'에서 29년 동안 신페이를 도왔던 레이코가 두 번째 '학교'를 1995년 11월에 신주쿠에서 다시 열었다. 이 책을 쓴 가나이 마키는 2009년 3월부터, 18년 동안 켜졌던 '학교' 간판이 불을 끄게 되는 2013년 10월 31일까지 아르바이트 마담으로 일했다. 그녀는 낮에는 자기 본연의 일을 하면서 저녁에는 '학교'에 나가 일흔 살이 넘는 레이코를 도왔다.

'학교'를 처음 연 초대 교장 신페이는 일본의 중학교 교과서 부교재에도 작품이 나오는 유명 시인이다. 그가 술집을 차리게 된 것은 생계 때문이라고 하는데("시만으로는 도저히 먹고살 수가 없어 음식점을 해서 입에 풀칠하며 살았다는 사실"-16쪽, "애초 시만 써서는 먹고살 수 없었기에 요식업을 시작"-162쪽), 그 이유는 썩 완벽하지 않다. 시 뿐 아니라 소설, 동화, 평전 등 다방면으로 작품 활동을 했던 그의 필력과 중국에서 대학을 다닌 중국통이었다는 이력을 감안하면, 그는 술집이 아니고도 얼마든지 돈을 만들 수 있었다. 그러나 '학교'라는 술집을 열기 훨씬 이전인 1928년, 자신의 호주머니를 털어 『학교』라는 시전문지를 발간하기도 했던 그는 자신의 정체성을 '시인'에 국한하고 싶었던 모양이다. 그 자긍심 때문에 '입에 풀칠'하는 것이 난망하게 되었으니, 결국 그가 술집을 연 사연은 생계 때문인 게 맞다.

한국에는 일본 소설을 읽는 많은 독자가 있고, 한국 독자에게 인기 높은 일본 소설가도 꽤 있다. 하지만 일본 시와 시인은 무척 생소하다. 최근에 창비세계문학 전집의 한 권으로 일본 현대시 사화집 『달에게 짖다』(창비, 2018)가 나왔다. 메이지 이후 1백30여 년에 이르는 일본 현대시의 흔적을 한 권에 담은 이 사화집에는 일본 현대시를 조감하는 데 빠트릴 수 없는 쉰 명의 시인과 그들의 대표작 일흔일곱 편이 선정됐다. 반갑게도 여기에 신페이의 시 두 편이 실렸다. 그 가운데 한 편인 「구리마의 죽음」을 감상해보자(여기서는 본서를 번역한 안은미의 것으로 대체한다).

구리마는 어린아이에게 잡혀 내동댕이쳐져 죽었다.
남겨진 루리다는.
제비꽃을 꺾어.
구리마의 입에 꽂았다.

한나절이나 옆에 있었으므로 괴로워 물속으로 들어갔다.

얼굴을 진흙에 파묻고 있자니.

환희의 함성에 배가 찌르르하다.

분수 같은 눈물에 목이 메어온다.

제비꽃을 문 채.

제비꽃도 구리마도.

쨍쨍한 여름 햇볕에 바짝 말라갔다.

부부 또는 연인임이 분명한 구리마와 루리다는 개구리다.
두 마리의 개구리는 여름날 황톳길을 건너다가 철부지 아
이들의 눈에 띄어, 구리마가 땅바닥에 내팽개쳐져 죽게 된
다. 홀로 남겨진 루리다는 제비꽃을 따서 죽은 구리마의 입
에 꽂아주고, 영원히 그 곁을 떠나지 않겠다고 맹서한다. 그
러나 루리다는 땡볕을 견디지 못하고 반나절 만에 시원한
물로 뛰어 들어가, 화상을 입은 듯한 자신의 몸뚱어리를 서
늘한 진흙 속에 파묻는다. 루리다는 서늘한 진창 속에서 맹
서를 뒤집은 자신의 비루함을 떠올리며 다시 울먹인다. 이
시는 인간중심주의에 빠진 인간들에게 뭇 생명을 존중하
라는 묵직한 주제를 전하는 한편, 인간세의 코믹한 진실을
보여준다. 우리는 사랑하는 사람이 죽었을 때, 곧 같이 따

라 죽을 듯이 몸부림치면서도 배가 고프면 먹어야 하고 잠이 오면 자야 한다. 사랑하는 사람과 영영 이별한 뒤, 입안 가득 밥을 떠 넣은 채 '산 사람은 살아야지!'라며 울상 짓는 인간세의 코믹한 삽화를 이 시에서 엿볼 수 있는 것이다.

신페이는 특이하게도 개구리에 대한 시를 다수 발표하여 '개구리 시인'이라고도 불린다. 그의 첫 시집 『제백계급第百階級』(1928)은 사십오 편 시 모두가 개구리와 관련된 것이며, 그 후에 나온 그의 주요 시집 제목도 『개구리』(1938), 『정본 개구리』(1948), 『제4의 개구리』(1964)다. 신페이는 1935년 다카하시 신키치(1901~1987), 나카하라 츄야(1907~1937) 등과 시잡지 『역정歷程』을 창간해 중심인물로 활동했고, 일본 애니메이션 명작 「은하철도 999」에 원작을 제공한 시인이자 동화작가였던 미야자와 겐지(1896~1933)와도 교우했다(세 사람 모두 『달에게 짖다』에 작품이 나온다). 또 그는 자신보다 연하였던 다자이 오사무(1909~1948)와 스스럼없이 지냈으며, 소설가이기보다는 '요리하는 작가' 또는 '다자이 오사무의 벗'이라는 인상이 더 강했던 『백미진수』(한빛비즈, 2016)의 저자 단 가즈오(1912~1976)와도 친구처럼 지냈다.

'학교'가 신페이 주변의 문인들이 모이는 아지트였던 때문에 『술집 학교』는 자연스럽게 일본 문학사의 한 조각을 엿보게 해주는 비망록 역할을 한다. 레이코가 첫 번째 '학교'의 간판을 물려받아 문을 열었던 두 번째 '학교'가 문을 닫는 날, '학교'의 간판이 신페이의 고향인 후쿠시마현 가와우치무라에 있는 '구사노신페이기념관'으로 곧장 실려 가는 장면은 이 책이 일본 문학사의 한 부분이라는 것을 상징적으로 입증한다.

내킨 김에 조금 더 덧붙이면, '학교'를 설계한 화가이자 시인 쓰지 마코토(1913~1975)는 다카하시 신키치와 함께 일본에 다다이즘을 최초로 도입했던 쓰지 준(1884~1944)의 아들이다. 다자이 오사무와 유명 시인인 하기와라 사쿠타로(1886~1942)도 한때 그에게 심취했으며 진심으로 좋아하는 문학가로 쓰지 준을 꼽았다. 요시카와 나기의 『경성의 다다, 동경의 다다』(이마, 2015)에서 고한용(1903~1983)을 한국 최초의 다다이스트로 이끌었던 그의 일대기를 만날 수 있다.

이 책의 등장인물은 문인들만이 아니다. '학교'가 술집이니만큼 이곳을 찾아드는 쉰 명 가까운 단골들의 직업 또한 출판 편집자, 그래픽 디자이너, 회사 경영자, 안과 의사, 영화학과 교수, 회사원, 건축가, 광고인, 외국인 대상 일본어 교사 등 천차만별이다. 이처럼 다양한 직업과 비교하기 어려운 개성을 가진 흥미로운 등장인물들의 공통점이라면 하나같이 남자라는 점과, 30년 넘게 혹은 그 가까이 이 "비좁고 어두운"(68쪽) 술집을 애착했다는 점이다. 퇴근길에 집으로 가는 길을 잠시 잊어버린 양(혹은 잊고 싶은 양) 단골 술집에 모여든 남자 주당들은 마치 고아처럼 보이며, 그들을 품어주는 단골 술집은 어머니의 자궁처럼 보인다.

몇 년 전만 해도 '단골 술집은 자궁'이라는 표현이 진부할 수는 있지만, 글 쓰는 사람이 자기 검열을 해야 할 만큼 께름칙한 표현은 아니었다. 하지만 드높아진 요즘의 젠더 감수성gender sensitivity은 여성의 특정 신체 부위인 '자궁'과 여성에게 강요되었을지도 모르는 '모성'이라는 개념을 언어적으로 징발하여 아무 데나 갖다 붙이는 것을 허용하지 않는다. 남자 단골만 모이는 술집을 자궁으로 표현하는 것은 여성을 남성동성사회성을 다지기 위한 은밀한 수사로 여성의 신체를 전유한 것이나 같다(자궁은 오직 남자들 차지!). 그래서 저 진부한 표현 대신 다른 표현과 개념으로 '단골 술집'을 정의할 필요를 느낀다. 이때 떠오르는 용어가 장소다.

'장소'하면, 단연 중국계 미국인 인문지리학자 이-푸 투안의 학문적 업적을 경유하지 않을 수 없다. 그는 1974년에 출판한 『토포필리아』(에코리브르, 2011)에서 "지리학이 토포필리아라는 정서에 내용을 제공하는 것은 필연이다"(368쪽)라는 주장을 하면서 논리실증주의 지리학을 밀어내고 인본주의 지리학이라는 새로운 조류의 지리학을 창시했다. 현상학자들이 의식을 '~에 대한 의식'이라고 강조해온 것과 마찬가지로, 현상학에 바탕을 둔 인본주의 지리학은 인간의 의식이든 존재든 반드시 '~에 있어서', 즉 어떤 장소에 존재한다고 강조한다. 인간의 신체는 항상 특정한 장소에 존재하므로 아무 곳에도 없다고 말하는 것은 불가능하며, 우리의 의식 역시 자신의 장소와 연관을 맺지 않고서는 성립하지 않는다.

이-푸 투안의 신조어 '장소애場所愛·topophilia'는 "사람과 장소 또는 배경의 정서적 유대"(21쪽)를 뜻한다. 일상생활에서 장소는 큰 의미 없이 사용되는데, 장소는 경관이나 공간에는 없는 특별한 것을 갖고 있다. 인간의 사회적·지리적 토대는 자신이 맺고 있는 밀착도에 따라 경관landscape·공간space·장소place로 구별된다. 먼저 경관은 우리가 여행지에서 '참 경치 좋다'라고 말할 때의 그것으로, 그 속에는 내가 속해 있지 않다. 경관은 내가 스쳐 지나가는 것이다. 다음으로 공간은 내가 그곳에 속해 있기는 하지만 아직 의미로 맺어져 있지는 않다. 반면 장소는 나와 의미로 맺어져 있으면서 나의 기억과 현 존재는 물론 미래까지 투사되어 있는 곳이다.

처음으로 낸 단 한 권의 책으로 지리학의 새로운 발전을 제시한 이-푸 투안은 『토포필리아』를 내고 난 3년 뒤에 그보다 좀 더 체계적이고 명징한 『공간과 장소』(도서출판 대윤,

2007 개정판)를 출간했다. 그는 거기서 공간과 장소를 대비하며 이렇게 말한다.

"공간은 움직임이며, 개방이며, 자유이며, 위협이다. 장소는 정지이며, 개인들이 부여하는 가치들의 안식처이며, 안전과 애정을 느낄 수 있는 고요한 중심이다. 이러한 경험을 통하여 미지의 공간은 친밀한 장소로 바뀐다. 즉 낯선 추상적 공간abstract space은 의미로 가득한 구체적 장소concrete place가 된다."(7~10쪽)

다시 말해 "공간은 명확한 뜻과 의미를 획득함에 따라 장소로 전환"(119쪽)되며, 장소에서만 누릴 수 있는 편안함과 친밀함은 무의미로 가득한 얼음 같은 공간을 따뜻하게 녹여주는 "햇빛의 느낌"(237쪽) 그대로다. 때문에 인간은 누구나 개인적인 소유물을 갖듯이 고향이나 집과 같은 자신만의 장소 또한 소유할 수 있어야만 한다.

친밀한 장소는 우리가 근본적 필요들을 무리 없이 보장받을 수 있는 양육의 장소이다. 건장한 어른들도 순간적으로 어린 시절에 느꼈던 포근함 같은 것을 갈구할 때가 있다. 부모의 품속에서 쉴 때, 그리고 이야기를 들으며 잠들 때, 어린이가 느끼는 감각적 편안함과 비교할 수 있는 것은 무엇일까?(220쪽)

바로 여기서 단골 술집은 장소와 만난다. 위의 인용문의 첫머리 "친밀한 장소"를 '단골 술집'으로 바꾸고 읽어보라. '학교'의 단골 술꾼들은 술이 아니라 인간의 원초적 동경인 장소를 만들고자 했던 것이다.

아직 '학교'의 새내기 손님에 불과했던 마키는 어느 날 저녁 샹송이 나직하게 울려 퍼지는 가게에서 누군가는 프랑스어를 흥얼거리고, 누군가는 담배를 피우고, 누군가는 춤을 추는 모습을 보면서 벅찬 행복감에 떨며 이렇게 중얼거린다. "여기는 파리인가? 몽마르트르인가? 뭐란 말인가, 이 진한 맛의 공간은."(34쪽) 이-푸 투안이라면 마키가 느꼈으나 아직 그 의미를 정확하게 짚어내지 못했던 '이 진한 맛의 공간'이라는 표현을 가리켜, 마키의 내면에서 '학교라는 공간이 장소로 바뀌는 순간'이라고 말했을 것이다. 그날 이후 마키는 팔자에도 없는 술집 아르바이트를 5년 동안이나 하고서 이 책을 쓰게 된다.

내가 처음 술을 마시던 1980년대 초만 해도, 주위에 10년 넘는 단골 술집을 뽐내는 문인 선배들이 있었고, 대학 주변에는 운동권이나 문학 서클 학생들이 학교를 졸업하고서도 귀소 본능처럼 찾아갈 수 있는 단골 술집이 있었다. 그러나 잦은 도시개발과 높은 임대료 갱신은 좀체 친숙하고 편안한 단골집을 허락하지 않는다. 이 때문에 사회가 입어야 하는 유·무형의 손실은 크다. 일례로 5년 만에 월세를 시세 3배 수준으로 올리겠다는 건물주 때문에 가게를 내놓게 된 경리단길의 '한국술집 안씨막걸리'(사장 안상현)의 예를 보자.

가게를 옮기면 무엇을 잃게 될까. 대리석 바닥, 화장실, 주방을 꾸미는 데 든 비용도 있지만, 그보다 무형적 손실이 더 크다고 안 씨는 말한다. "안씨막걸리는 다른 곳에서 더 크고 깨끗한 매장을 열 수도 있다. 그런데 그렇게 계속 새로운 것만 추구하면서 우리 모두의 기억을 자꾸 포맷하고 덮어쓰기하고 있는 것 아닌가. (……) 5년, 10년이 지난 뒤에도 가게가 여기에 있으면 사회가 함께 이 공간의 가치를 기억하고 차곡차곡 쌓아가는 거잖나."

자영업자들이 숙련이 부족하다고 하지만, 안 씨가 보기에 숙련을 갖추고 혁신을 시도하는 자영업자도 지금 구조에서는 지속 가능하기 어렵다. (……) "그동안 임대료 문제는 임대인과 임차인 간 이익 조정의 측면에서만 이야기되거나 선악 구도로 다뤄져왔다. 이제는 그 단계를 넘어서 한국 사회가 어떤 가치를 추구할지 이야기해야 한다. (……) 오래된 가게의 가치와 맥락을 소비하는 인식의 전환이 필요하다. 그래야 우리 사회에 100년 가는 가게가 더 생길 수 있다."

전혜원 기자, 「임차료 인상에 꺾인 '100년 가게의 꿈'」, 『시사
IN』 제584호, 2018.11.27.

　장소의 친숙함은 그 장소를 구성하는 인간관계도 큰 몫
을 한다. 하므로 단골 가게가 사라지면 대체 혹은 가상 가
족이랄 수도 있는 작은 우애의 공동체도 함께 부서진다. 자
본주의는 고향도 집도 장소가 되지 못하게 하는 데다가 그
나마 사정을 봐줄 것 같은 단골 가게마저 높은 임대료와 프
렌차이즈화로 공략한다. 이래저래 우리는 장소도 잃고 작
은 우애의 공동체도 잃어가고 있는 것이다. 한곳에서 오래
장사를 하는 가게가 많은 일본은 이런 면에서 우리보다 더
많은 장소를 가꾸고 있는 것이다.

장정일

11쪽   **구사노 신페이**(草野心平 1903~1988) 일명 개구리 시인. 사람과 사물은 공통되는 생명을 가진다는 주제로 개구리, 하늘, 돌 등 자연을 소재 삼아 시를 썼다. 형식적 특징은 쉼표 대신 마침표를 찍은 것. 동인지『동라銅鑼』,『역정歷程』등을 발간해 신진 시인의 작품 소개에 힘쓰며 당대 시 문단을 이끌었다. 대표작으로는 요미우리문학상을 수상한 「개구리의 시」, 「가을밤의 회화」 등이 있다.

12쪽   **나카하라 츄야**(中原中也 1907~1937) 열두 살에 잡지에 투고한 단카로 등단해 3백50편 이상의 시를 남긴 데다 서른 살의 젊은 나이로 세상을 떠난 탓에 '천재 시인'이란 이미지가 있다. 사후, 1947년 소겐샤에서 『나카하라 츄야 시집』이 발간되면서 큰 반향이 일었다. 지금도 그의 작품은 각종 문고나 시가 전집에 수록되며 폭넓은 사랑을 받고 있다.

    미야자와 겐지(宮沢賢治 1896~1933) 『봄과 아수라』,『주문이 많은 요리점』등 뛰어난 동화와 시를 다수 발표했지만 생전에는 거의 무명에 가까웠다. 사후, 죽기 전 집필한『은하철도의 밤』(애니메이션「은하철도 999」의 원작)을 구사노 신페이가 미완성인 채로 발표해 대중에게 이름을 알리면서 일본을 대표하는 작가로 자리매김했다.

23쪽   **다자이 오사무**(太宰治 1909~1948) 기성 문학 전반에 비판적이던 무뢰파의 대표주자. 약물 중독으로 정신병원에 입원했던 자신의 경험을 녹여낸『인간실격』으로 젊은 독자들의 마음을 사로잡은 이래 그의 작품들은 지금까지도 명작으로 평가받고 있다.

    미시마 유키오(三島由紀夫 1925~1970) 천재적 기질을 바탕으로 난해한 사상과 아름다운 문체를 버무린『가면의 고백』,『금각사』등을 발표하며 노벨문학상 후보에도 오른 적 있다. 과격한 민족주의자가 된 후 일본 자위대의 각성을 촉구하며 할복자살해 큰 충격을 주었다.

    요시모토 다카아키(吉本隆明 1924~2012) 전후 일본 진보 진영의 정신적 지주 역할을 해온 시인이자 문예비평가. 국내에도 유명한 소설가 요시모토 바나나의 아버지이기도 하다.

다카하시 가즈미(高橋和巳 1931~1971) 중문학자로서 중국 고전을 일본에 알리는 일에 힘쓰는 한편 『슬픔의 그릇』 등 소설을 쓰기도 했다. 진보 사상가로 현실 문제에 대해 다양한 발언을 함으로써 1960년대 청년들에게 인기가 높았다.

27쪽 **단 기즈오**(檀一雄 1912~1976) 니오키상과 요미우리문학상을 수상한 작가로 "가끔씩 소설도 쓰는 요리 선생"이라고 불릴 정도로 음식에 정통했다. 선술집을 운영하던 구사노 신페이와는 '요리'라는 공통분모가 있었다.

야마모토 다로(山本太郎 1925~1988) 시인이자 독문학자로 시집 『보행자의 기원 노래』, 『패왕기』 등을 발표하며 요미우리문학상을 수상하기도 했다. 구사노 신페이와는 동인지 『역정』을 함께하며 친해졌고 평생 스승으로 모실 정도로 존경했다.

쓰지 마코토(辻まこと 1913~1975) 일본의 다다이즘을 대표하는 시인이자 화가로 산악, 스키 등을 주제로 한 글과 문명 비판적인 그림으로 유명하다. 구사노 신페이는 자신보다 열 살이나 어린 쓰지를 스스럼없이 친구로 대했다.

47쪽 **아트 블래키**(Art Blakey 1919~1990) 미국의 드럼 연주자 겸 밴드 리더.

50쪽 **이마와노 기요시로**(忌野清志郎 1951~2009) 일본 록의 왕이라 불리는 가수이자 배우.

65쪽 **야마다 후타로**(山田風太郎 1922~2001) 괴기소설, 추리소설, 시대소설 세 분야에서 이름을 떨친 작가. 의사 집안에서 태어나 도쿄의과대학에 진학, 취미 삼아 글을 쓰다가 소설가의 길로 들어선 이래 1백 20여 작품을 남겼다.

106쪽 **도몬 겐**(土門拳 1909~1990) 리얼리즘 사진을 표방하며 일본뿐만 아니라 세계에서도 인정받았다. 그의 이름을 딴 도몬겐사진상은 일본 사진계 최고의 권위 있는 상으로 꼽힌다.

107쪽 **이사무 노구치**(野口勇 1904~1988) 일본계 미국인으로 두 문화권을 오가며 건축, 인테리어, 무대, 정원, 놀이터, 분수, 가구, 조명에 이르기까지 다양한 분야에서 활동했다.

113쪽 **고야마 기요시게**(小山清茂 1914~2009) 작곡가로 한 방송국에서 구사노 신페이의 시에 곡을 붙이는 작업을 의뢰해 합창곡을 만든 것을 계기로 구사노 신페이와 친해졌다. 이후 구사노 신페이와 공동으로 몇몇 학교의 교가를 공동으로 만들기도 했다.

125쪽 구시다 마고이치(串田孫— 1915~2005) 문필가이자 철학자. 삶과 자연에 대한 사색적인 글을 써서 '사색 수필가'로 불린다. 구사노 신페이와는 『역정』을 함께하며 친해졌다.

127쪽 히라쓰카 라이초(平塚雷鳥 1886~1971) 신부인협회를 조직하여 여성 참정권 운동 등 여성의 권리 신장에 힘을 쏟았으며, 여성들만의 손으로 만든 여성들만의 잡지 『세이토』를 창간했다.

128쪽 쓰지 준(辻潤 1884~1944) 일본 다다이즘을 대표하는 사상가 중 한 명으로 체사레 롬브로조의 『천재론』을 번역하기도 했다.

131쪽 기타하라 하쿠슈(北原白秋 1885~1942) 타고난 재능과 풍부한 어휘와 감각으로 일본 근대시를 정립한 시인. 1929년에 김소운이 일본에서 『조선민요집』을 펴낼 때 도움을 줬다고 알려졌다.

야마모토 가나에(山本鼎 1882~1946) 화가로 민중문예 운동을 하며 미술의 대중화에 앞장섰다.

138쪽 소우 사콘(宗左近 1919~2006) 시인으로 2004년 제1회 시카다상(문학적 업적을 이룬 동아시아권 시인에게 수여하는 스웨덴 문학상)을 수상했다.

아와즈 노리오(粟津則雄 1927~) 문예평론가이자 프랑스 문학자.

140쪽 후루타 아키라(古田晁 1906~1973) 출판사 '지쿠마쇼보'의 창립자로 1946년 잡지 『전망展望』을 창간하는 등 문학의 대중화에 힘썼다.

143쪽 나카노 시게하루(中野重治 1902~1979) 서정성과 전투성을 두루 갖춘 작품으로 유명한 프롤레타리아 시인. 문학 내 업적을 평가받아 아사히신문사의 아사히상을 수상하는 한편 전후 공산당으로 참의원을 지내기도 했다.

우스이 요시미(臼井吉見 1905~1987) 지쿠마쇼보에서 편집자로 활동하며 소설 『아즈미노』를 발표해 다니자키준이치로상을 수상했다.

145쪽 이부세 마스지(井伏鱒二 1898~1993) 풍랑을 만나 조난당한 뒤 미국에서 살다 돌아온 존 만지로의 이야기를 그린 『존 만지로 표류기』로 나오키상, 히로시마 원폭 투하 현장의 생존자들을 다룬 『검은비』로 노마문예상을 수상했다.

146쪽   노하라 가즈오(野原一夫 1922~1999) 편집자이자 작가로 지쿠마쇼보에서 다자이 오사무의 전집을 담당했다.

150쪽   고바야시 히데오(小林秀雄 1902~1983) 문예평론가로 활약하며 일본 근대문학 비평을 확립했다.

159쪽   황영(黃瀛 1906~2005) 중국인 아버지와 일본인 어머니 사이에서 태어나 여덟 살 때까지 중국에서 살다가 아버지가 사망하자 어머니와 함께 일본으로 돌아왔다. 입학 거부로 중학교부터는 다시 중국에서 공부했으며 열여덟 살 때 문학 공부를 위해 일본으로 유학을 왔다. 열아홉 살에 등단한 뒤 미야자와 겐지, 구사노 신페이, 나카하라 츄야 등과 교류했다.

160쪽   이토 신키치(伊藤信吉 1906~2002) 시인이자 근대문학 연구가.

189쪽   호리 다쓰오(堀辰雄 1904~1953) 사소설의 흐름 속에서 의식적으로 '지어낸 이야기'를 추구한 작가. 생전에 줄곧 폐결핵을 앓은 탓에 나가노현 가루이자와에서 요양 생활을 오래했다.

다치하라 미치조(立原道造 1914~1939) 서정시를 주로 썼으며 한때 건축가로도 활동했다. 호리 다쓰오와 함께 동인 생활을 하며 작품 활동을 했으나 결핵으로 나가노의 요양소에서 스물다섯이라는 젊은 나이로 죽었다.

195쪽   다오 야스시(田尾安志 1954~) 1975년 주니치 드래건스에 입단, 데뷔 첫 해에 신인왕을 수상한 타자. 세이부 라이온스를 거쳐 1991년 한신 타이거즈에서 은퇴한 후 현재 야구 해설가로 활동하고 있다.

216쪽   나쓰메 마사코(夏目雅子 1957~1985) NHK 대하드라마, 니혼TV 드라마 등에서 활약하며 최고의 여배우 자리에 올랐으나 급성 백혈병을 진단받고 투병하다가 스물일곱의 나이로 삶을 마감했다.

220쪽   나카기리 마사오(中桐雅夫 1919~1983) 구사노 신페이와 동향으로 요미우리신문사에서 근무하다가 『역정』에 작품을 발표하며 이름을 알렸다.

술집 학교 끄덕끄덕, 꿀꺽꿀꺽, 가끔 문학

초판 1쇄 발행 2019년 01월 18일

지은이 가나이 마키
옮긴이 안은미

펴낸이 이정화
펴낸곳 정은문고
등록번호 제2009-00047호 2005년 12월 27일
주소 서울시 마포구 서교동 473-10 503호
전화 02-392-0224
팩스 02-3147-0221
이메일 jungeunbooks@naver.com
페이스북 facebook.com/jungeunbooks
블로그 blog.naver.com/jungeunbooks

ISBN 979-11-85153-27-8 03830